GUDRUN
EIDEN

NACH UNS DAS LEBEN

ROMAN

PENGUIN VERLAG

MIX
Papier | Fördert gute Waldnutzung
FSC® C014889

Penguin Random House Verlagsgruppe FSC® N001967

PENGUIN VERLAG

1. Auflage

Umschlaggestaltung: Sabine Kwauka
Umschlagabbildungen: © shutterstock / Dzmitry;
basel101658; Olgastocker
Satz: satz-bau Leingärtner, Nabburg
Druck und Bindung: Friedrich Pustet GmbH & Co. KG, Regensburg
Printed in Germany
ISBN 978-3-328-60302-3
www.penguin-verlag.de

Die letzte Probe

Otto Reepmann beugt seinen Oberkörper im Rollstuhl vor und versucht, sein schwarzes Sakko anzuziehen. Bei ihrer letzten Probe machen sie sich alle fein, so haben sie es verabredet. Der Futterstoff aus Viskose ist im Ärmel eingerissen; seine Hand, zur Faust gekrümmt, rutscht ab. Drei Versuche braucht Otto, bis die Jacke sitzt. Drei Versuche, die ihn körperlich anstrengen. Bei jeder Bewegung spürt Otto seine zweiundneunzig Jahre. Die rote Krawatte hat er seit Jahren nur so weit gelockert, dass er sie über den Kopf ziehen kann. Sie neu binden zu müssen, würde ihn bloß entmutigen. Er erinnert sich, wie ihm als junger Mann der Knoten stets auf Anhieb gelang. Selbst dann, wenn er sich vor dem Spiegel verbiegen musste, weil der Zigarettenqualm ihn ins Auge biss. Das Rauchen hatte er sich nicht abgewöhnt, obwohl sie ihm das linke Bein amputiert hatten. Das war vor zwölf Jahren gewesen. Die Ärzte meinten, so zugeteert, wie er sei, wäre es egal, ob er aufhöre oder nicht. Seine Zeit sei absehbar. Also rauchte er im Sitzen weiter und weilte nach wie vor unter den Lebenden.

Otto nimmt den blauen Wollschal von der kleinen Kommode. Den hatte seine Frau vor einer Ewigkeit für ihn gestrickt. Tage später gab es diesen Unfall, der das Leben mit Ruth mit einem großen Knall zum Stillstand brachte und Otto zu einem mürrischen Kerl werden ließ.

»Bin fertig, wir fahren jetzt. Junge, komm!«

»Geht klar, Vaddern!« Robert, längst kein junger Mann mehr, vor zwei Tagen sechsundsechzig Jahre alt geworden, öffnet die Haustür, kippt den Rollstuhl leicht nach hinten und lässt ihn die fünf Stufen der steinernen Treppe hinab. Die Pläne für eine Rampe vertagen sie wieder und wieder. Otto meint, das lohne nicht mehr, und Robert ist zu müde zum Kämpfen, weil er weiß, dass sein Vater das Organisatorische in seinem Hause nie anderen überlassen würde.

Seit der Amputation liegt die Pflege seines Vaters bei ihm. Gefragt hatte ihn nie jemand. Seither fährt er ihn jeden Donnerstag zur Probe, bis auf jenen Tag, als er auf Karins Frage »Dein Vater oder ich?« geschwiegen und die Trennung bei Rosalie am Tresen ertränkt hatte. Am nächsten Morgen stellte Otto klar, ein Mann habe nicht zu jammern, weg sei halt weg, und tüchtig sei Karin auch nie gewesen. In der ewigen Wiederholung hatte Robert diese Einstellung mit der Zeit angenommen und fühlte sich mehr denn je an sein Elternhaus gekettet.

Die Fahrt ist kurz und beide kennen jeden Zentimeter des Weges: Da ist das einst stattliche Haus des ehemaligen Zahnarztes. Die Fassade staubig, der Gehweg übersät mit matschigen Vogelbeeren. In der Auffahrt der bunt beklebte Kleinwagen eines Pflegedienstes, der dreimal am Tag für eine kalkulierte Kurzzeit dort steht. Ein paar Häuser weiter: ein zugemauerter Eingang, sauber verputzt, die Umrisse von einst sind erkennbar geblieben wie eine Schweißnaht. In dem Laden hatte Robert als Kind Lakritz in kleinen Papiertüten gekauft und mit den Augen gerollt, wenn Frau Düsseldorf ihm lachend durch die Haare wuschelte. Es folgt die kleine Imbissbude mit der wackligen Handschrift auf neongelben Pappschildern, die mit der Zackenschere zu unglücklichen Ovalen geschnitten sind. An der Kreuzung das nackte Ladenlokal mit den zwei Geldautomaten der Sparkasse. Der lamentierende Aushang erklärt, dass persönliche Beratungen nur online möglich seien. Schräg gegenüber die Metzgerei mit den Präsentkörben im Schaufenster – Landjäger und Wurstkonserven fesch auf Bastelmoos drapiert.

Robert fährt rechts ran. Hans Nowak steigt ein. Im oberen Flurfenster seines Hauses stehen Plastikorchideen in schlanken Vasen. Hans war einst Postbote und hat das Laufen geliebt. Heute mit seinen zweiundachtzig Jahren ist ihm die Treppe zu steil, um echte Blumen zu pflegen, und seine Frau Anni kann schon seit vielen Jahren nichts mehr ruhig in der Hand halten. Stattdessen sitzt sie den ganzen Tag vor dem Fernseher, und Hans kümmert sich um das, was im Alltag alter Leute anfällt und was seine morschen Gelenke zulassen. Vor einem halben Jahr hatten seine Tochter und das Schicksal derart gemeinsame Sache gemacht, dass sich Hans' Körper seitdem ein Stückchen mehr der Erde entgegenneigt. Es dauert, bis er im Wagen sitzt und seine Finger den Sicherheitsgurt ertastet haben.

»Guten Abend, die Herren. Glückwunsch nachträglich, Robert. Haste es wieder überstanden, so ganz ohne Partnerin?«

»Geht schon.« Robert schaut zu, wie seine offene Handfläche auf den Schaltknauf pocht, seine Lippen sind fest aufeinandergepresst.

»Da kannst du nicht viel machen, wenn die Damenwelt aus der Reihe tanzt. Jetzt fahr weiter, Junge!« Ottos Worte branden wie trübe Galle ans Armaturenbrett, und Robert wünscht sich an einen anderen Ort, einen wärmeren Ort.

Carl Donner sitzt am Küchentisch. Vor sich Brettchen, Messer, Graubrot, saure Gurken, Leberwurst und eine dampfende Tasse Kräutertee. Carl ist ausgehungert, Carl ist appetitlos, Carl ist traurig. Seine Frau Hilde sitzt ihm gegenüber und redet ohne Unterlass: »Ich möchte nicht wissen, wie viele Berge Salat und Kuchen ich in all den Jahren für den Verein gemacht habe. Die anderen haben sich gedrückt, wo sie nur konnten. Und für was war es gut? Für nichts!« Sie verschränkt die Arme vor ihrem massigen Bauch und schnauft verächtlich durch die Nase. »Gut, dass es endlich ein Ende hat.«

Carl erwidert nichts. Das ist in ihrer Ehe nicht vorgesehen. Innerlich schnauzt er sie an, sie möge – verdammt noch mal – ihren Rand halten und verschwinden. Seit den 1970er-Jahren wünscht Carl sich das.

Nächste Woche ist sein achtzigster Geburtstag und die Gesundheit hat es gut mit ihm gemeint: Er wird die zwei Kilometer zu Fuß gehen, wie die letzten fünfundfünfzig Jahre auch. Der übliche Schwung in seinem Gang wird fehlen, das Wort »Schleichen« den Nagel auf den Kopf treffen, als ob sich so das nahende Ende hinauszögern ließe.

»Bin jetzt los, du brauchst nicht auf mich zu warten.«

Hilde verfolgt ihn bis zur Haustür, wettert unentwegt, er hört nicht hin. Die Tür schließt sich hinter ihm. Ruhe. Für ein paar Stunden ist er frei.

Hugo Reinbach hat Ärger mit seinen Zähnen. Die obere Gebissreihe scheuert am Zahnfleisch und unten tut ihm einer der letzten Echten weh. Er denkt an den Spruch der jungen Arzthelferin, dass Altwerden nichts für Feiglinge sei, und nimmt noch eine Schmerztablette.

»Was machst du da?« Die kleine Frieda kommt rein und verlangt wie selbstverständlich, dass Hugo sie auf den Schoß nimmt.

»Der Opaopa hat Aua am Zahn.«

Sie lehnt sich an ihn. »Guckst du deshalb so traurig?«

»Tue ich das?«

»Ja, schon so lange.« Frieda spannt ihre Arme aus und streckt die Zeigefinger.

»Heute Abend gehe ich das letzte Mal zur Probe und treffe meine Freunde.« Sie schaut ihn fragend an, Hugo atmet tief ein. »Weil keiner von uns die Zeit anhalten kann, wenn es am schönsten ist.«

»Ich schon.« Frieda dreht ihr Gesicht zu Hugo. »An meinem Geburtstag mache ich, dass der Tag so lang ist.« Wieder zeigt sie ihre größte Armspanne.

»Und dennoch gehst du abends ins Bettchen und am nächsten Tag hast du keinen Geburtstag mehr.« Frieda denkt darüber nach, und Hugo drückt sie ihrer Mutter, seiner Enkelin, in die Arme. Sechsundsiebzig Jahre ist er nun alt. Auf seinem großen Hof leben vier Generationen. Er war einer der Ersten in der Gegend, der auf Bio umgestellt hat. Aus dem Bauernhof seiner Eltern hat er gemeinsam mit seiner Frau Linda einen profitablen Vorzeigebetrieb gemacht. Der Hofladen mit dem Café, in dem an kalten Tagen ein offener Kamin wohlig wärmt, läuft wie geschnitten Brot. Sein Zuhause, gesäumt von uralten Linden, ist ein wunderschönes Fleckchen Erde. Hugo indessen ist des Lebens müde.

* * *

Die drei Männer verlassen den Parkplatz. Die Sonne ist bereits untergegangen, die beginnende Dämmerung zeigt ihr klarstes Blau. Eine schwarze Katze läuft die Mauer entlang. Robert schiebt den Rollstuhl über das Kopfsteinpflaster, aus dessen Fugen Sand und Unkraut quellen. Ottos Kopf baumelt leicht nach rechts und links, so grob ist der Gehweg. Hans geht ungelenk nebenher, die Hüfte quält ihn und der Oberkörper neigt sich steif nach vorn. Der speckige Griff und der abgewetzte Gummipuffer seines Gehstocks zeugen vom täglichen Kampf um jeden Meter.

Eines der Lenkräder des Rollstuhls verklemmt sich in einer Fuge. »Junge, pass doch auf, Herrgott noch mal!«

Robert rüttelt am Stuhl. Kastanienblätter segeln durch die Luft.

»Es wird doch möglich sein, dass wir pünktlich ankommen! Schaffst du das, Junge?« Otto knurrt wie ein Hund.

Hans legt seine freie Hand auf Roberts Schulter, sein kurzer Blick spricht Sätze des Mitgefühls, dann geht er weiter. Er will nicht Teil dieses Konflikts sein, empfindet die mürrischen Pfeilspitzen Ottos gegenüber Robert als ungerecht und schwer zu ertragen, ohne sich einmischen zu können. Die Glocken beginnen zu läuten, es ist Punkt sieben.

»Junge, nun mach hin.« Otto legt seine Hände an die

Greifreifen, drückt sie und seinen Oberkörper vor. Der Stuhl bewegt sich nicht, Otto knurrt vor sich hin.

Ein junges Mädchen kommt vorbei, ihr heller Gruß bleibt unerwidert. Robert schaut ihr nach, fragt sich, wann sein Vater das letzte Mal nett zu ihm war, und zieht am Rollstuhl. Das Vorderrad kommt frei und er schiebt den alten Mann zum Proberaum.

Die Männer proben in der uralten Dorfschule, einem Fachwerkhaus mit roten Ziegeln, in dem ihre Eltern das ABC gelernt, mit Griffeln auf einer Schiefertafel geschrieben und manch bange Stunde wegen der strengen Regeln des damaligen Schulwesens verbracht haben. Heute zieren historische Fotografien und gerahmte Zeitungsartikel die Wände im Flur und erzählen die bäuerlich geprägte Geschichte des Dorfes. Die nah gelegene Kreisstadt nutzt die Räume als Zweigstelle ihrer Bücherei, die an zwei Nachmittagen der Woche geöffnet hat und Gerüchten zufolge bald durch ein, wie es heißt, »mobiles Bücherregal« in einem ehemaligen Linienbus ersetzt werden soll.

Sie proben in dem gemütlich eingerichteten Raum, der als Lesesaal dient, denn dort ist der Hall gering und die Töne sind wohlklingend.

Die Männer, zwölf an der Zahl, trudeln ein, ein Nicken, Moin, Moin, ein Tätscheln am Oberarm. Wie isses? Es ist, wie es ist. Aftershave vermischt sich mit dem Geruch alter Sitzpolster. Sie verrücken Stühle, verteilen Notenblätter, und die, die selten reden, weil da niemand zum Reden ist, wärmen ihre Stimme auf. Es dauert, bis die Einsamkeit unhörbar wird. Carl dreht die Heizung höher, denn die alten, dicken Gemäuer halten jegliche Wärme fern. Wenigstens hier möchte er nicht frieren. Hilde spart für das Jenseits, will ein stattliches Konto haben. Mehr als achtzehn Grad dürfen die Räume daheim nie haben, mit Behaglichkeit kann sie nichts anfangen. Hugo stellt einen Kuchen auf den Tisch am Fenster. Den hat Linda für die Runde gebacken und mit einem Zwinkern erzählt, dass sie die doppelte Menge Cognac genommen habe. »Zur Aufmunterung zwischen den Liedern. Das könnt ihr heute sicherlich alle gut gebrauchen.«

Ihr Chorleiter, von allen nur der Dirigent genannt, tritt ans Pult. Mit sechzig Jahren ist er das Küken in der Runde. Er ist froh, dass es bald ein Ende haben wird. Nicht wegen des Singens, das hat ihm mit der Truppe immer viel Freude gemacht. Es ist die neue Freiheit, die auf ihn wartet, die er genießen möchte, bevor ihm das Alter dazwischenfunkt. In wenigen Tagen macht er sich auf, um mit Freddie und dem Wohnmobil auf große Reise zu gehen, und wird keine homophoben Kommentare mehr fürchten müssen. Wenn er ehrlich zu sich ist, muss er sich eingestehen, dass keiner der Herren – selbst Otto nicht – je Nennenswertes gegen seine Beziehung gesagt hatte.

»Meine Herren! Wir proben, wie zeitlebens! Schließlich wollen wir bei unserem letzten Auftritt am Samstag im Gemeindehaus noch mal allen zeigen, was wir draufhaben. Lasst uns beginnen!«

Sie singen wunderschön. Voller Inbrunst und mit vielen Tränen, die sich in ihre Falten schleichen und unbemerkt glänzen. Die Musik kitzelt unter der Haut, gibt den Neuronen die

Signale, die ein Gefühl von Weite und Zuneigung im Inneren des Wesens aufblühen lassen. Sie singen auf ein nahendes Ende zu. Mit jedem Lied treten sie näher an die Feuerstelle heran. In den letzten zwanzig Jahren hat ihr Scheiterhaufen an Höhe zugenommen, das Reisig den perfekten Trockengrad erreicht. Die Zeit ist ihr Henker, der fehlende Nachwuchs im Verein ihr Scherge. Sie wussten alle, wie es enden würde.

Ein neues Logo, tranig und blass, Flyeraktionen mit verhuschtem Layout und schwere Kugelschreiber als Give-away waren so teuer wie sinnlos. Neue Mitglieder waren ausgeblieben und irgendwann waren nur noch sie zwölf übrig geblieben, von über achtzig zu ihren besten Zeiten. Nun ist es ihr letztes Lied.

Das Streichholz ratscht über die Reibfläche. Ihre anmutigen Töne sinken zu Boden. Der Funke springt über und brennt ihre Leidenschaft nieder. Im Oktober vor einhundertdreißig Jahren hatte sich der Männergesangverein gegründet, so sagen es die Statuten, und an diesem Donnerstag im Oktober verglüht er.

Stille, Verlegenheit, die Frage: Wohin mit mir? Sie geben einander die Hand, umarmen sich, wollen tapfer sein. Es nimmt sie alle mit, und sie wissen, dass sie am Samstag vor Publikum nicht ihre Gefühle werden zeigen können. Deswegen ist dieser Abend unausgesprochen ihr Finale.

»Ja, man sieht sich. Wir bleiben in Verbindung, heute in einem Jahr treffen wir uns noch einmal hier, ja?«

In ihrem Alter ist eine Verabredung wie russisches Roulette. Der Letzte macht das Licht aus.

Otto, Hans, Carl und Hugo machen sich auf den Weg zu Rosalies Stube ums Eck. Die anderen Sänger zieht es heimwärts. Das Alter oder die Traurigkeit scheinen sie davon abzuhalten, noch in die Kneipe zu gehen.

Über den Hintereingang durch die Küche kommen sie barrierefrei zu ihrem Stammtisch im Schankraum. Sie bestellen Schnaps, Bier und mundgerechten Rollmops. Später gesellt sich Robert dazu und wird trotz der fünf Biere seinen mürrischen Vater, der zwischendrin eingenickt ist, nach Hause fahren. Die Polizeireviere in der Region sind zusammengeschrumpft worden, eine heimliche Narrenfreiheit im Dorf währt unter der Woche von sechs bis sechs. Bei Rosalie darf dann auch geraucht werden; patent wendet sie sich an ihre Gäste: »Spricht nichts dagegen, wenn jemand raucht, oder?«, und zündet sich selbst eine an. Die geschlossene Fragestellung verhindert ein eventuelles: »Doch, verdammt!«

Zu Rosalie gehen die vier Sänger seit Jahrzehnten. Der kleine Gasthof mit acht Möglichkeiten für Übernachtung mit Frühstück hat stoisch den Zeitenwandel ausgeblendet. In den Gästezimmern sind Handtücher und Bettwäsche farblich wie optisch verstörend und riechen weichspülersüß. Die Deckenlampe, deren Sparbirne den Raum schummrig ausleuchtet, der venezianische Clown aus Porzellan auf der Anrichte, van Goghs *Caféterrasse am Abend* mit Altersflecken und toten Gewitterfliegen unterm Glas komplettieren das furnierte Interieur, und der braune Teppich verrät die ewig gleichen Laufwege: Bett – Klo – Schrank. Die auswärtigen Gäste werden die Zimmer nachher in den sozialen Medien als hinterwäldlerisch, dafür ordentlich und sauber bewerten und schwanken zwischen vier und fünf von zehn Punkten. Letzten Endes möchten sie die nette alte Rosalie nicht ernsthaft in Not bringen.

Im Anbau der Festsaal, kalte Bodenfliesen, fehlende Filzfüßchen unter den Holzstühlen, jedes gesprochene Wort widerhallend, Musik klanglich eine Zumutung. Beerdigungen und runde Geburtstage jenseits der siebzig machen den Großteil der Buchungen aus. Die Festgäste werden hinterher einstimmig sagen: »War schön, aber laut. Mit Teppich wäre die Akustik besser. Aber das haben wir schon vor zwanzig, ach nein, vor dreißig Jahren gesagt.«

Die Männer lassen ihre Jahre Revue passieren, erzählen sich Anekdoten und Ungereimtheiten, die sie oft hervorholen, wenn sie traut zusammensitzen. Jeder weiß um seine Rolle, jeder kennt seinen Einsatz. Sie kramen nach gemeinsamen Treffen, Auftritten und Festen, ein Stichwort genügt und alle sind im Film: »Wisst ihr noch, wie ihr mir das Ständchen zu meinem siebzigsten Geburtstag gesungen habt?«, fragt Otto und beginnt das Lied von einst zu summen, die anderen stimmen ein. »*... einmal, da wirst du siebzig sein ...*«, singt Otto leise über den Tisch. Hans geht stimmlich nah an Chris Roberts ran und vollendet, was sie leicht verändert gesungen hatten: »*... dann sind wir noch bei dir.*« Ihre Töne verlieren sich im Raum wie Regentropfen auf einem sommerwarmen T-Shirt. Sie erinnern sich an das Grillfest in Ottos Garten, wissen, wie beeindruckt seine ehemaligen Geschäftspartner aus fernen Städten von der Leichtigkeit gewesen waren, mit der der Chor für musikalische Unterhaltung gesorgt hatte. »Und heute sind wir immer noch beisammen. Wie damals versprochen«, sagt Otto, und alle nicken viele kleine Jas, wissen, mit welchem Grinsen sie das Lied seinerzeit gesungen hatten, und greifen zum Bierglas: Prost auf die alten Zeiten. Ist alles vergangen.

»Aber seien wir ehrlich, nun geht es uns wie Arik, ganz ohne Halt und Hobby.« Carl drückt den Rollmops mit der Gabel in der Mitte durch. Das Gemetzel auf dem Teller ist erbärmlich, aber leichter zu kauen.

»Wir hätten ihn nicht …«

Carl balanciert den Fisch zum Mund, kaut, spricht nicht weiter. Jeder Blick weicht dem anderen aus. Die Tropfenfänger an den Pilstulpen drehen sich wie beim Roulette, Zigarettenqualm fällt in zerknitterte Schöße.

»Nein, das hätten wir nicht!«

Hugo beugt sich schroff vor, fingert sein Portemonnaie aus der verbeulten Hosentasche. Er braucht zwei Versuche, der fehlende Ringfinger ist ihm keine Hilfe. Er tippt das abgegriffene Leder auf die Tischkante: »Muss jetzt los«, und stemmt sich ächzend von der Eckbank hoch. Es dauert, bis er seinen Rücken gerade gebogen hat, die harte Arbeit hat ihre Spuren in die Gelenke tätowiert. Er zahlt am Tresen, frische Luft drängelt sich in den Schankraum, dann ist er weg. Die anderen werden noch eine Weile schweigen, ihre Bierpfützen trinken und es ihm gleichtun. Ariks Geschichte ist für sie alle nur schwer erträglich.

Hugo

Hugo atmet tief ein, fummelt am Reißverschluss seiner Jacke und hat Arik wieder vor Augen, wie er auf der Bank mit Blick auf das Dorf sitzt. Der Reißverschluss klemmt, er dreht sich zur Straßenlaterne, doch das Licht verbessert nichts. Seine Finger werden unruhig, die Zähnchen wollen sich nicht verbinden lassen, er wirft die Enden auseinander und denkt: Mensch Arik, wieso nur?

Sein Wagen ist neu. Viele der technischen Finessen sind ihm schleierhaft. Der Ledersitz fühlt sich in den ersten Sekunden kalt an. Beim Kauf hatte Hugo gedacht, dass dies sein letztes Auto sein würde, und war im Geiste seine bisherigen Fahrzeuge chronologisch durchgegangen. Der graue Käfer, Baujahr '59, bleibt sein Liebling: Hochzeitsreise zum Lago Maggiore, seine Frau Linda, wie sie unbeschwert lacht, Erdbeereis, Strandtücher, glückliche Welt.

Er fährt los, die Armaturen leuchten, als könnte er ins All fliegen. Vielleicht würde er dort finden, wonach er seit Jahren sucht. Die Häuser und Lichter lässt er hinter sich, Nebel wabert von den Wiesen über die Straße wie ein vergessener Brautschleier. Der Wind greift durch die leeren Äste, letzte Blätter trudeln durch die Luft, suchen eine neue Bleibe. Ihm kommt das Ständchen wieder in den Sinn und er singt leise:

»Aber das Leben wird dir noch geben, was es mit siebzehn dir verspricht.« Wenn es doch so einfach wäre, denkt er, schaltet das Radio ein und fährt einen Umweg, will nicht nach Hause. Lieber würde er die Tatsache, dass er nun ohne das gemeinsame Singen auskommen muss, wie einen Zigarettenstummel in den Straßengraben schnippen, denn er hat Angst vor dem, was auf ihn zukommt.

Das Radio spielt »Take Me Home, Country Roads«, als er in die schmale Allee abbiegt, die zu seinem Hof führt. Die Linden hatten seine Großeltern gepflanzt. Groß und nackt ziehen sie im Lichtkegel dahin. Der extremen Hitze und monatelangen Trockenheit der letzten Sommer werden sie nicht mehr allzu viele Jahre trotzen können, ahnt Hugo und hofft, dass er es nicht mehr erleben muss, sollten sie gefällt werden. Die Baumreihen sind für ihn die Ankerkette seines Hofes.

Das Cockpit erlischt, er zieht sich am Lenkrad vor und schaut durch die Windschutzscheibe. Das große Haus mit dem Strohhut hatte er es genannt, als er ein Kind war. Sein Zuhause, sein Ort in diesem Leben. Die weißen Fensterrahmen heben sich vom Dunkeln im Inneren ab, alles schläft. Eine Handvoll Bodenleuchten weisen den Weg zur Haustür. Er steigt aus, der Wind greift um seine Hosenbeine, die Luft riecht nach feuchter Erde.

Scheinwerfer spiegeln sich im Fenster, der Kies knirscht unter den Reifen wie in einem Mörser. Maggi, seine Älteste, fährt vor. Ganz behutsam, als wolle sie nicht entdeckt werden. Die Wagentür wird leise zugedrückt, sie zuckt zusammen, als sie Hugo hinter dem Auto bemerkt.

»Du bist schon da? Wie war es?« Maggi weicht seinem Blick aus und stopft die Hände tief in die Manteltaschen.

»Es ist zu Ende gegangen. Das war's. Und du?«

»Bin nur rumgefahren.« Maggis Wangenknochen scheinen Austern zu knacken, so sehr bewegen sie sich auf und ab. Ihre langen Haare sind eine Spur zu fettig, die gelblich graue Haut verrät, dass sie zu viel raucht.

»Nacht, Papa!« Sie geht zu ihrem Haustrakt auf der Rückseite. Schwermut und Traurigkeit lassen ihren Gang wie den einer alten Frau wirken.

»Warst du etwa auf Spätschicht?«

»Lass gut sein, bitte!« Maggi geht einen Schritt schneller, sie möchte nicht, dass Hugo um ihre Streifzüge weiß. Früher war sie täglich unterwegs gewesen, war stundenlang suchend umhergefahren und glücklos zurückgekehrt, bis Hugo sie eines Tages mit gepresster Stimme zusammengestaucht hatte, wie sinnlos ihr Tun sei. Seine hervorgequollenen Adern am Hals hatten seine Aufregung verraten und nur mit Mühe hatte er seine Tränen zurückhalten können. Zu schwer war es für ihn, ihre Traurigkeit mit dem einst so fröhlichen Wesen überein zu bringen, zu hilflos stand er seinem Versagen gegenüber, die richtigen Worte zu finden. Die Worte, die ihr etwas Klarheit hätten geben können, wenn auch nur einen Hauch. Danach hatte sie sich stets donnerstags auf den Weg gemacht, während Hugo beim Singen war, und ihre Mutter Linda hatte sie nie verraten.

»Wie oft bist du da draußen?« Hugo folgt ihr, das rechte Bein wackelt, als stünde es in Schlittschuhen, im Kniegelenk war neuerdings zu viel Spiel.

»Lass mich.«

»Das muss aufhören, das weißt du.« Seine Stimme ist nicht viel lauter als der Wind, sein Flehen umso deutlicher.

Maggi bleibt stehen, ihre runden Schultern beben unmerklich, der Kopf neigt sich nach vorn und verschwindet scheinbar im Nichts. »Wie könnte ich? Mein kleiner Ben ist irgendwo da draußen und hat sich verirrt.«

»Und wenn er ...?«

Schnell wie eine Schwalbe im Flug fährt Maggi herum. Die Falte auf ihrer Stirn ist senkrecht wie ein Ausrufezeichen. »Hättest *du* mich etwa so leichtfertig aufgegeben?«

»Es sind so viele Jahre vergangen und kein einziges Lebenszeichen. Bitte Maggi, sei realistisch.«

»Dann gib mir etwas, was ich unter die Erde bringen kann!«

Ihr Blick peitscht auf ihn nieder. Sie zerrt die Hand aus dem Mantel, ein Schlüsselbund rasselt. Sie trottet ins Haus. Der Wind hat Mühe, mit den schweren Haaren zu spielen.

Seit 2002 hat Hugo sie nicht mehr lachen gesehen. Ihre Spätschichten – wenn sie die Verzweiflung nicht mehr aushält – bestehen aus der einsamen Suche nach ihrem Sohn, der irgendwann nicht mehr von seinen nächtlichen Touren nach Hause gekommen ist. Keine Nachricht, kein Lebenszeichen, keine Leiche. Er war weg, wie eine Schneeflocke, die ins Meer fällt. Sie hatten alle Möglichkeiten ausgeschöpft. Die Polizei hatte ihr behördlich Nötigstes getan, eine Hundestaffel schnüffelte sich durch die Wälder, ein Vermögen war in die Arbeit von Detektiven geflossen, und von zahllosen Straßenlaternen hatte ein netter Teenager mit sommerblonden Haaren herabgelächelt – doch Ben blieb verschwunden. Mit den sozialen Medien erweiterte sich die Suche ins Digitale, stundenlang surfte Maggi im Netz, ohne auf eine einzige Spur zu stoßen. Bens Vater hatte irgendwann kapituliert und war in ein anderes Leben übergewechselt, mit neuer Ehefrau und neuem Sohn. Nele, Bens jüngerer Schwester, war das Unbeschwerte ihrer Jugend mit seinem Verschwinden geraubt worden. Sie wurde seitdem von Zwangsstörungen geplagt, so groß war ihre Angst, noch einmal etwas Wertvolles zu verlieren. An schlimmen Tagen stand sie kleine Ewigkeiten im Flur und prüfte zum hundertsten Mal, ob die Haustür abgeschlossen war. All das sah Hugo mit einer ihn auffressenden Ohnmacht und konnte die Wahrheit doch bei niemandem ablegen. Auch bei seinen Freunden nicht. Hans, Otto und Carl hätten ihm zugehört, ihn verstanden, seine Entscheidung respektiert, das ahnte er. Doch einen Rat, eine Lösung oder gar eine Absolution hätten auch sie ihm nicht erteilen können.

Der Wind pfeift um die Veranda, er klappt den Kragen hoch und setzt sich auf die Gartenbank neben seiner Haustür. Es ist jener Zweisitzer, auf dem schon seine Eltern gesessen hatten, den Tag schweigend Revue passieren ließen, um anschließend mit müden Knochen und abgeschürften Händen ins Bett zu gehen, das protestantisch hart war und in einem kargen Zimmer stand. Die Arbeit wurde über alles gestellt, der Herr vergibt nichts aus Jux und Tollerei.

Hugo holt ein Stückchen Holz aus der Innentasche seines Jacketts. Es ist nicht viel größer als ein Feuerzeug und fühlt sich warm an. Die feinen Maserungen sind für Hugo die

Gedanken, die die Linde einst gedacht haben mag; ihre Gleichmäßigkeit beruhigt ihn.

Das Taschenmesser hatte Linda ihm zum ersten Hochzeitstag geschenkt, stabil genug, um Maiskolben vom Halm zu kappen, klein genug, um es tagtäglich mit sich zu tragen. Das Holz liegt ihm sicher in der Hand, der fehlende Ringfinger bietet ihm Platz. Er setzt das Messer ans weiche Holz, es kerbt sich ein, wie Bens Verschwinden, es fräst sich durch das Material, wie Maggis Suche, es kappt Stückchen vom Ganzen, wie die Verzweiflung, die seit jenem Tag die Familie spaltet.

Hugo weiß, wie die Schnitzerei am Ende aussehen wird. Hunderte Male hat er diese Figur kreiert, jeder Handgriff sitzt, das Holz nimmt schnell Form an. Später wird er sich an den Küchentisch setzen, weiße und blaue Farbe auftupfen, trocknen lassen und sie, wie all die anderen, in einem knarzigen Koffer auf dem Dachboden aufbewahren.

Der Wind trägt die Späne fort, wie auch seinen Glauben daran, eines Tages die Wahrheit erzählen zu können. Die Kälte ist in seine alten Knochen gekrochen, er will aufstehen, braucht zwei Versuche, stützt sich auf der Lehne ab und hat seinen Vater vor Augen, der sich in seinen alten Tagen genauso bewegte. Das Leben wiederholt sich, denkt er und will nicht mehr.

Hugo steht in der breiten Diele. Er macht kein Licht, kennt jeden Millimeter dieses Konstrukts einer Heimat, das sich beharrlich dagegen wehrt, mit der Realität Schritt zu halten. Er riecht das Holz der massiven Truhe, die schon seinen Großeltern gehört hat. In der Mitte prangt das Familienwappen: vier Linden auf einem Ritterschild, darüber Ähren von

Weizen und Gerste. Er fährt mit den Fingern darüber, ertastet die Umrandung des Schilds, fühlt die feinen Grannen der Gerste, spürt die seelische Schwere des Wappens. »Die Hausmarke der Familie Reinbach, das macht uns aus, das sind wir«, hatte seine Oma ihm erklärt und ihre von der Feldarbeit rauen Hände auf seine Schultern gelegt. Seine Ehrfurcht vor der Truhe ist in all den Jahrzehnten die gleiche geblieben, die er damals als Kind gespürt hat und die sich so oft im Magen ballte. Die Truhe war wie der Heilige Gral der Sippe und stand für den unausgesprochenen Appell, dass dieses Bauernleben von Generation zu Generation weiterzugeben sei, komme, was wolle. Jahrzehnte war er sich sicher gewesen, dass es so sein musste, dass es keinen Plan B gab. Seit Lindas Diagnose kommen ihm mehr und mehr Zweifel an dieser Tradition, die ihm nun wie eine Klette erscheint, störrisch, widerspenstig. Er war froh, dass er die Aura der Truhe von seinen Kindern hatte fernhalten können. Für sie war sie nicht mehr als eine wurmstichige Kiste, die sie ungern öffneten, denn im Inneren muffelte sie nach abgestandener Luft.

In der Truhe liegen neben den Schatullen mit dem Silberbesteck und den Torten- und Fleischplatten weiße Tischtücher. Feinster Damast in Übergröße für die lange Tafel. Edle Feiern gab es weniger, als beim Kauf erhofft, weswegen einige noch ungeöffnet sind und mit ihrem Design der 1950er- und 60er-Jahre auf den Verpackungen die Illusion einer beschwingten, heilen Welt vorgaukeln.

Die Geburtstage der Kinder und Enkel verlangten keinen Damast. Stattdessen waren sie erfüllt von Lachen und Glückseligkeit über Bücher, Rollschuhe, Federballspiele oder

Musikkassetten, Lieblingskuchen und Limo für die große Kinderschar. Schön waren diese Nachmittage gewesen, so leicht und freudvoll. Aber mit Bens Verschwinden wurden sie ersatzlos gestrichen.

Hugo geht ins Bad. Schließt die halb geöffnete Tür des Spiegelschranks. Er will die Medikamente, die seit Lindas Diagnose dort stehen, nicht sehen. Er wäscht sich die Hände und setzt sich auf den Wannenrand, während er sie abtrocknet. Auf einem Hocker, der vor der Toilette steht, liegt die Fernsehzeitschrift der kommenden Woche. Das große Kreuzworträtsel, das über eine Doppelseite reicht, ist aufgeschlagen. Er sieht Lindas Schrift: *Pentagon*, *Teheran*, *Erker*, *Allee*, *Imme*, *Aralsee* … Ihre Buchstaben sind geradlinig und schön. Wie alles in ihrem Leben macht sie auch ein Rätsel nicht einfach nebenher. Sie mag keine halben Sachen, das weiß er genau. Deswegen hat er auch keine Ahnung, wie sie beide nun mit ihrer Krankheit umgehen werden. Ist eine bedrohliche Diagnose nicht per se eine halbe Sache? Halb Leben, halb Nicht-Leben?, fragt sich Hugo während er das Handtuch an den Haken hängt. Er riecht an dem Parfümflakon, das er Linda geschenkt hat. Der Duft nach Jasmin, den sie so sehr mag. Ich an ihrer statt, das wäre gerechter, denkt er und löscht das Licht.

Linda wird sterben. Nicht heute, nicht morgen, doch in den nächsten Monaten, in ein, zwei Jahren wird es wohl so sein. Lungenkrebs, der begonnen hat, sich durch ihren Körper und ihrer beider Seele zu fressen. Der Freund, der vor rund zehn Jahren seine Praxis in der Großstadt aufgegeben hatte und seitdem wieder im Dorf wohnt, weißhaarig und wegen des argen Rückens stets mit einem Gehstock unterwegs, sagte, dass der Krebs die Pest sei. Bloß zu nichts zwingen. Linda solle entscheiden, was gut für sie sei, sagte er und erklärte Hugo den typischen Verlauf der Krankheit, mit der steten Betonung, dass es auch anders kommen könne und noch schöne Zeiten vor ihnen liegen könnten. Wer's glaubt, hatte Hugo gedacht, jedoch geschwiegen, da beide Männer wussten, was der andere dachte.

»Mein Rat: Verbringt Zeit miteinander, klärt die Dinge, die noch offen sind, lenkt euch ab. Und Hugo, … ehrlich unter uns, gib den Hof ab. Die nächste Generation oder wer auch immer ist jetzt dran. Ihr habt genug geackert. Mitnehmen können wir alle nichts.« Sie standen im schummrigen Flur des alten Freundes, den Hugo im Anflug völliger Verzweiflung besucht hatte, um mit ihm über die elende Krankheit zu reden. Der Doktor medizinisch distanziert, Hugo emotional schmallippig, er wollte nicht vor anderen weinen.

Sie kennen sich seit Kindertagen, sind im selben Jahr geboren. Sandkasten, Räuber und Gendarm, im See nach Trümmerteilen britischer Jagdflugzeuge tauchen, das WM-Endspiel Deutschland–Ungarn in der Dorfkneipe gucken. Später hatten sie sich aus den Augen verloren. Der eine machte Abitur, studierte Medizin, zog in eine Großstadt, der andere übernahm das Vieh und körperliche Schufterei. Jetzt waren sie beide alt und jeder auf seine Art verbraucht.

»Keiner ist davor gefeit. Auch Nichtraucher nicht, und auf einem Bauernhof gibt es genug Feinstaub, der Lungenkrebs hervorrufen kann, rein theoretisch.« Die junge Oberärztin von der Onkologiestation des Krankenhauses trug zu lange

Fingernägel, um mit Menschen zu arbeiten, und versteckte sich hinter zu vielen Fachwörtern. Bei jedem medizinischen Begriff hatte sie mit ihren knochigen Händen eine Bewegung gemacht, als wöge sie deren Gewicht gegeneinander ab, und Hugo erinnert sich, dass die lackierten Fingernägel, auf denen Strass funkelte, ihm einen Schauder über den Rücken gejagt hatten. Was die Ursache bei Linda sei, lasse sich nicht genau sagen, die Diagnose allerdings stehe fest. Das übliche Programm wäre zu empfehlen, eine Chemotherapie könne helfen, und wenn keine Heilung möglich sei, so könne mit weiteren Therapien zumindest Zeit gewonnen werden, hatte die Ärztin gesagt und ihre Hände ineinander gefaltet. Zehn blinkende Schwertmuschelschalen ragten aus der blassen Haut, ließen keinen Raum für Empathie.

Dann standen sie draußen, hielten sich an den Händen, sahen das H des Landeplatzes, sahen die Raucher, die sich neben der Schiebetür in die Ecke drückten, einer blasser als der andere, sahen lachende Gesichter zwischen traurigen, sahen junge Männer mit Blumensträußen und alte Frauen mit Butterbrotdosen. Sie wussten nicht, wohin mit sich. Ins Café gehen? Bummeln gehen, wo man schon mal in der Kreisstadt war? Cousine Martha besuchen? Alles erschien surreal.

Das Geld klimperte, der Parkautomat spuckte das Kärtchen aus, an der Schranke reichte Linda es rüber, Hugo reckte sich stöhnend aus dem Seitenfenster, die Schranke hob sich, sie fuhren nach Hause. Das war der Ort, an dem sie sein wollten. Das war vor zwei Wochen gewesen.

Sie waren sich einig, den alles verändernden Umstand erst einmal für sich zu behalten, sich möglichst normal zu verhalten, zum Schutze ihrer Lieben, wie sie sich einredeten. »Zumindest bis mir die Haare ausfallen, bitte«, Linda hatte ihn flehend angesehen, bis er genickt, sie stumm in den Arm genommen und den Kloß im Hals gespürt hatte, der größer und größer wurde. Schweigen als Prinzip, damit kannte er sich aus.

Seit ein, zwei Jahren hatte Linda Probleme beim Atmen. Es war schleichend gekommen. Am Anfang ließ es sich leicht als Nachwehen einer Grippe abtun. Das beruhigte. Wenn sie schnell ging, war sie kurzatmig; forderte der Hefeteig ihren ganzen Einsatz, klang ein Röcheln an. »Papperlapapp, es geht mir gut, und dass ich keine zwanzig bin, wissen wir beide.« Sie hauchte ihm einen Kuss zu, und ihr Lachen, in das er sich einst verliebt hatte, ließ seine Sorgen verpuffen.

Der Hof hätte keine andere Strategie zugelassen, er forderte ganzen Einsatz von Hugo und Linda. Umso mehr seit Bens Verschwinden und dem Auseinanderfallen der Familie, als wären sie bunte Mikadostäbchen zu Spielbeginn. Sie mussten funktionieren, wollten sie den Status quo halten, so sahen sie es. Ihr ganzes Leben steckte im Betrieb. Zu viel Schweiß, zu viel Energie, zu viel Schmerz hatten sie investiert. Ihr Alter als Argument, sich zur Ruhe zu setzen, ließen sie nicht gelten. Sie fühlten sich dem Hof verpflichtet, der Sog der Tradition hatte sie seit jeher im Griff. Wie hätte es anders sein sollen?

Hugo öffnet leise die Tür zum Schlafzimmer, sieht das Miniaturgebirge aus geblümter Bettwäsche, riecht die Arnikasalbe, die Linda sich allabendlich auf ihre verknöcherten Hände cremt, hört ihren gleichmäßigen Atem und hofft, dass sie nicht nur so tut, als schliefe sie. Er geht in die Küche, holt

Pinsel und Farbe aus der Tischschublade, zieht die Deckenlampe zu sich herunter, stellt die kleine Schnitzerei auf ein Stück Zeitung. Dann kommen ihm die Tränen. Still und heiß laufen sie über seine alte Haut.

Seit beinahe fünfundfünfzig Jahren sind sie ein Team. Aus Jubiläen haben sie sich nie viel gemacht, witzelten über Blech, Petersilie, Knoblauch, »nach dreiunddreißig ein Drittel Jahren kann man sich nicht mehr riechen? Soso, wir schon«, und kicherten wie verliebte Teenager.

Die ersten Jahre waren schwer gewesen. Hugos Eltern fanden, Linda sei zu zart. Ein Hof brauche kräftige Arme, rüstige Gesundheit und Nerven wie Drahtseile, mit ihr käme er auf keinen grünen Zweig. Und diese Meinung ließen sie Linda jede Minute spüren.

Gemeinsam hatten sie Tag für Tag auf dem Hof geschuftet, sprichwörtlich Hand in Hand, und hatten einen profitablen Betrieb mit Hofladen und Café aufgebaut, hatten dem Ort so viel Heimeliges abgerungen, wie ein landwirtschaftlicher Hof es erlaubte, hatten jede Tradition weitergeführt, die sie von Eltern und Großeltern kannten, um Gott für Speis und Trank zu danken, Wetterfeen milde zu stimmen und die Hausgeister fernzuhalten – wehe dem, der über Silvester Wäsche auf der Leine hängen ließ. So fegten sie samstäglich die Einfahrt, weil die Nachbarn sonst einen schiefen Haussegen argwöhnen würden, und gingen samt der Kinder jeden Sonntag zur Messe, um dort die Zeit abzusitzen und im Geiste die To-do-Liste der kommenden Tage zu schreiben, mit gläubigem Blick und dem Gesangbuch in den Händen.

Hugo war der Erstgeborene, und nie war die Frage aufgekommen, ob er den Hof habe übernehmen wollen. Warum fragen, was feststeht? Alles, was der Opa, die Oma, die Eltern ihm in seinen Kinder- und Jugendjahren zeigten, sagten, beibrachten, zielte auf den Hof und die damit einhergehenden Pflichten ab. Er hatte von klein auf das Gefühl, gegen diese Bürde nie gewinnen zu können, und fügte sich der vorhergesagten Zukunft, ohne je in sich hineinzuhorchen, wovon er träumte. »Müßig, solche Fragen«, hatte Hugo sich selbst als Antwort zugeraunt. Seine Geschwister arrangierten sich, der Bruder wanderte nach Kanada aus, wurde Schreiner, dann Säufer mit einer fingerlosen Hand und ließ sich nie wieder blicken. Die eine Schwester wurde Hausfrau und Mitglied einer Sekte, die andere heiratete den Bäckerssohn, stand mit der Schwiegermutter täglich hinter dem Verkaufstresen und spielte eine heile Welt, die es nie gab. Es ist, wie so oft, wie es ist.

Hugo liegt im Bett, gräbt seine Nase in Lindas Haar und muss sich anstrengen, nicht aufzuspringen, Licht zu machen, zu heulen, sich die Haare zu raufen, irre zu werden, für eine Zukunft ohne diese eine verwandte Seele. Seine Gedanken rasen: Wie soll er weiter in diesem Bett schlafen können, wenn sie nicht mehr da ist? Hier hatten sie sich geliebt, gestritten, geschmust, geweint, gehadert, gelacht. Hier waren die Kinder rumgehopst, hatte es Geburtstagsständchen aus hellen Kehlen und Kissenschlachten mit gespielt entsetzten Gesichtern gegeben. Was tun mit der leeren Bettseite? Beziehen oder ohne Bettzeug lassen, blank und leer? Er gräbt sich tiefer in ihren Nacken und schämt sich, so alltägliche, pragmatische Fragen zu wälzen, während sie neben ihm liegt und hauchleise schnarcht.

Hugo hat den größten Respekt vor seiner Frau, seit eh und je. Ihre wahre Größe zeigt sie indes, während sie mit dem Jenseits um etwas mehr Zeit verhandelt. Sie klagt nicht, gibt niemandem die Schuld, ist zart und ruhig. Dabei war es grobe Schludrigkeit des Ärzteteams im Krankenhaus, das viel zu spät die richtigen Untersuchungen veranlasst hatte, so sieht Hugo das und hofft, dass ihre Generation die letzte ist, die an die Obrigkeit der Mediziner glaubt und es nie wagen würde, einem Dr. med. zu widersprechen. Die Meinung eines Arztes anzweifeln? Nicht als einfache Leute. So haben sie es gelernt, so haben sie es gelebt. Verdammt, denkt Hugo. Dabei fanden sie so einige Sätze seltsam, die über die akademischen Lippen gekommen waren. Hätten sie nachgehakt, ja hätten sie – doch das Leben will es anders, und seine große Liebe wird bald gehen müssen. Er an ihrer statt, so wünscht er sich das. Sie liebt das Leben mehr, als er es tut.

Ein Ruck, ein Atemzug aus dem Abgrund, so tief wie der Marianengraben. Hugo rappelt sich auf, sein Shirt ist klitschnass, die Augenlider verklebt. Unzählige Male hat er diesen Traum schon geträumt, der sein Dilemma von einst in die Gegenwart katapultiert und ihm kein Entrinnen gönnt.

Die Luft ist klar gewaschen, das Glitzern auf dem Rasen wird peu à peu weniger.

»Hallo, Herr Reinbach, meine Mama braucht Eier.« Der kleine Max von nebenan trägt den Eierkarton, als wäre er ein

Nest. Seine Nase läuft, aber der Auftrag ist ihm wichtiger. Er liebt es, wenn er Besorgungen machen darf, und die Tiere auf Hugos Hof ziehen ihn magisch an.

»Warte hier, bin gleich zurück.« Er sieht, wie Max mit seinen Händen nach Heu greift und der Schwarzbunten hinhält. Ein leichtes Zögern, als die nasse Zunge danach langt, doch er stellt sich tapfer dem Vieh und wischt mit dem Ärmel seinen Rotz weg.

Auf einem Hof packen alle mit an, die Tiere warten nicht, so hat es Ben gelernt. Vor der Schule schnell dies und das erledigen, umziehen, Teenager sein und hoffen, dass man nicht nach Stall riecht. So ist das. Ben muss erst zur dritten Stunde und hat dennoch verschlafen, der Sog der Traumwelt war zu verlockend gewesen. Eilig schmeißt er den Trecker an, wünscht sich, er könnte schon jetzt Pilot werden. Dass er das Ungetüm fahren kann wie ein Profi, weiß jeder in der Familie, offener Stolz bei gleichzeitiger Ermahnung, denn der Führerschein ist noch nicht gemacht. Der Vater hat häufig Rücken und die Tiere müssen versorgt werden. Wendig fährt Ben die Routine ab: vergorenes Gras aus dem Silo, Kraftfutter in den Trog, Mist in die Jauchegrube, vorwärts, wenden, rückwärts – tausendmal gemacht, der Lärm des Treckers, mal lauter, mal leiser, tritt ins Unterbewusste, ist Alltag.

Hugo beugt sich zu Max runter. »Hier die Eier und grüß deine Eltern schön«, er wuschelt dem Jungen lachend durchs Haar. Den Karton dicht an den Körper gedrückt, mit beiden Armen umklammert, Selbstbewusstsein im Blick. »Danke, Herr Reinbach.« Ein schneller Schritt, zwei, drei, vier, er ist an der Ecke vom Stall, fünf, sechs, er dreht sich zu Hugo um, zeigt sein Kinderlachen, das unbeschwert und ehrlich ist. Er stolpert im Rückwärtsgehen, plumpst auf den Hintern, nichts Schlimmes, rappelt sich auf, Hugo will ihm helfen, der Karton bleibt umklammert.

Ein Geräusch zerschellt über dem kleinen Körper, der Blick wird bange, Hugo ist fast bei ihm, sieht den Schatten, sieht den Dreck im Profil der meterhohen Reifen. Es fehlen Zentimeter, um den Jungen zu packen. Ein unaussprechlicher Schrei. Blut und flüssiges Ei fließen zögerlich über die Pflastersteine. Ben fällt aus dem Trecker, alle Farbe ist aus seinem Gesicht gewichen, sein offener Mund fragt lautlos.

Hugo hält seinen Enkel das erste Mal in seinen Armen, das winzige Händchen greift nach seinem Finger, dann das erste Fingerfarbenbild, Schwimmflügel planschen über der Wasseroberfläche und eine Milliarde kluge Kinderfragen, Fußballtraining und Verwirrungen wegen Lexi, dem Mädchen mit den roten Zöpfen, der Geburtstag vor zwei Wochen: Sweet Sixteen.

Die Erinnerungen blitzen wie Sternschnuppen vor Hugos innerem Auge auf und gleichzeitig sieht er die schiere Panik des Jugendlichen, der sein ganzes Leben noch vor sich hat. Die Entscheidung ist wie ein Donnerschlag: Hugo greift Ben am Kragen und zieht ihn beiseite: »Guck mich an! Ich bin gefahren, nicht du! Hast du verstanden?« Hugo rüttelt an seinen Schultern, sucht seinen Blick, riecht den Angstschweiß, der säuerlich aufstößt. »Du warst im Stall, ich bin gefahren! Du hast nichts gesehen. Und zu niemandem ein Wort!« Ben nickt kaum merklich, sein Blick ist leer. Hugo schubst ihn Richtung Stall, er weiß, es ist die richtige Entscheidung.

Im Polizeibericht steht etwas von menschlichem Versagen wegen des toten Winkels. Tragisches Unglück mit Todesfolge. Strafrechtlich ist Hugo nicht belangbar, moralisch ist es ein modriges Verlies: Max' Eltern stehen an ihrem persönlichen Abgrund, Ben verweigert jegliche Nahrung, Hugo wandelt betäubt durch ein Vakuum. Die Beerdigung ist ein Trauerspiel in drei Akten: wohlgeordneter Auftritt aller, Max' Mutter wirft sich auf den kleinen Sarg, ihr Mann zieht an ihrem Mantel, sie steht auf, spuckt Hugo ins Gesicht, der geht mit gesenktem Blick ab, Ben läuft ihm hinterher. Zwei der Unglückseligen verlassen die Bühne.

Auch Monate später fängt Ben sich nicht, wird dünner und blasser. Die Psychologin beißt auf Granit, bis er nicht mehr zu den Sitzungen erscheint. Immer öfter schwänzt er die Schule, kommt nicht heim, mal liegt er komatös in Jugendclubs, mal ist er aufgedreht wie ein Flummi. Als er sich im Flur seine Jacke auszieht, sieht Hugo blaue Flecken in der Armbeuge – ab da ist nicht mehr mit dem Jungen zu reden, er hört nichts, er sieht nichts. Eines Tages bleibt er fort.

Wie tröstlich waren seine Freunde ihm in jener Zeit, erinnert sich Hugo, während er die Bettdecke wendet, ganz sachte, um Linda nicht zu wecken. Er spürt die kurze Kühle des Bezugs an seinen Beinen. Sie waren damals oft am Abend vorbeigekommen, nur um zusammen zu sein, zu schweigen oder einander Belanglosigkeiten zu erzählen, die so gar nichts mit Verlust, Angst und der großen Unbekannten in der Lebensgleichung zu tun hatten. Meist saßen sie am Küchentisch und brauchten nicht viel. Soll ich ihnen die Wahrheit sagen?, hatte

Hugo manches Mal überlegt. Aber das wäre ihm wie Verrat vorgekommen, zumindest solange es Hoffnung gab, dass Ben wiederkommen könnte.

»Hugo, wir gehen davon aus, dass du Donnerstag zum Proben kommst! Keine Ausrede, ich weiß, wovon ich spreche«, hatte Otto jedes Mal zum Abschied gesagt. »Wir kommen sonst alle Mann vorbei und singen hier. Also sieh zu!«

»Dann bis Donnerstag, wir sehen uns«, sagten auch die anderen und ihre Blicke zeigten das gut gemeinte Ausrufezeichen am Ende des Satzes. Hugo hatte ihre Worte gehört, wusste, dass es eine gute Idee wäre, doch er ließ Woche um Woche verstreichen, ohne bei den Proben zu erscheinen. Zu groß war die Last, die Bens und sein Geheimnis wog, zu gewaltig die Leerstelle, die sein Enkel und der Unfall hinterließen, zu zerrissen war er bei der Frage, ob er sich in die wohlige Decke der Musik hüllen dürfe, während sein Ben irgendwo einsam herumirrte oder im schlimmsten Fall nirgendwo mehr war.

Es war ein Donnerstag gewesen, als erst Otto und Robert im Hofcafé aufgetaucht waren und Kaffee bestellt hatten, dann Hans und Carl, dann der Dirigent mit Freddie, den er zu jener Zeit noch als einen Freund vorstellte, und schließlich die anderen Sänger, teils mit ihren Frauen.

Linda war zu Hugo in den Stall gelaufen: »Du wirst nicht glauben, was hier Wundervolles geschieht. Komm, Schatz, komm schnell.« Sie hatte ihn am Arm gezogen, hatte im Laufen was von Freundschaft und Kraft geredet und dass sie schnell noch Waffeln machen müsse, hatte aber nicht gesagt, was wirklich los war. Dann hatten sie vor dem Personaleingang gestanden, und mit einem Kuss und einem »Nimm bitte das Geschenk an, das du jetzt bekommst«, hatte sie ihn durch die Küche ins Café geschoben.

Alle Gefühle von einst überwältigen Hugo heute erneut, eins zu eins: Sein Herz scheint im Brustkorb mehr Platz einzufordern, als ob es dicke Backen machen würde, ein Kribbeln läuft über seine Oberschenkel, und die Gesichtsmuskeln werden mit der Wärme einer Mittagssonne durchzogen, die bis zu den Augen reicht, sie mit Tränen flutet, ohne dass er weinen muss.

Er hatte damals neben dem Tresen gestanden, an seiner Arbeitshose hing noch der Geruch der Kühe, und hatte in die Gesichter geschaut, die ihm so vertraut waren. Die Gäste hatten gemeinsam zu singen begonnen und erzählten in schönen Tönen von Kummer, Pein und Weh, und in ihren Augen sammelten sich Tränen, kannten sie doch allesamt die Gefühle, von denen sie sangen. Er hörte auch Lindas Stimme, die sich neben ihn gestellt und seine Hand genommen hatte. Er hatte kaum zu atmen gewagt, so gerührt war er gewesen, hatte sich an Linda festgehalten, um die Scham aushalten zu können, dass alle von einer anderen Wahrheit über den Unfall ausgingen. Als die letzten Töne verklungen waren wie der Duft von Blumen im Vorbeigehen, hatte Hugo etwas sagen wollen, doch seine Stimme weigerte sich. Nur ein hilfloses Räuspern war ihm über die Lippen gekommen. Mit einem »Wir werden nun donnerstags im Café proben, ganz egal, wie lange es dauert«, hatte der Dirigent Hugos Ringen nach Worten überspielt, ihn herzlich umarmt und erklärt, dass er den Zusammenhalt des Vereins bereits verinnerlicht hätte und weitergeben möchte, auch wenn er erst seit Kurzem den Chor leitete. Mit einem auffordernden Blick in die Runde hatte er den Takt für das nächste Lied vorgegeben. »*Fang das Licht*«, klang es aus den Mündern, und nach ein paar Augenblicken hatte sich Hugo aufgerichtet und erst zögerlich, dann lauthals mitgesungen:

»Fang das Licht. Halt es fest!
Für den Tag, an dem die Hoffnung dich verlässt.«

Seit jenem Tag war Hugo zu beinah allen Proben gegangen, die in den nächsten Jahrzehnten gefolgt waren, so lebensrettend war die Aktion seiner Sängerfreunde für ihn gewesen.

Sie fahren zu Lindas erster Chemotherapie. Die Helligkeit des Tages beginnt sich breitzumachen. Ein feiner Frostschimmer überzuckert die Welt. Linda blickt zur rechten Seite raus: Frisiersalon, Bäckerei, Rathaus, der Kiosk mit dem Lotto-Fähnchen am Eingang, die Sporthalle. Die Häuser werden weniger. Wiesen und Felder, die Stromtrasse entlang der Straße, ein Reiher schnappt nach einem Fisch.

»Das wird mein einziger Durchlauf sein. Sollte der Krebs nicht weggehen oder wiederkommen, werde ich das hinnehmen. Keine weiteren Behandlungen. Und ich möchte nicht, dass du versuchst, mich umzustimmen.«

»Aber …«

»Kein ›Aber‹, Hugo. Wir sind alt, wir haben unser Leben gelebt. Und wir haben das mit uns beiden gut gemacht.«

»Aber du liebst das Leben.«

»Ja, als Mensch. Nicht als ein von Chemie zerfressenes Wrack. Deswegen steht meine Entscheidung fest.«

»Ich werde mich kümmern, dich pflegen.«

»Ich weiß, mein Schatz, ich weiß.«

»Linda, … wenn … falls …«

»Diejenigen, die bleiben, haben es schwerer. Dennoch ist es meine Entscheidung.«

Ein Bussard im Baumwipfel, ein Bauernhof, ein Baumarkt, eine Tankstelle, das Schild, das den Weg zum Krankenhaus weist. Hugo nimmt Lindas Hand, drückt sie, schaut zu ihr rüber. Ein kurzer Blick genügt, und er sieht das Blau ihrer Augen, das ihn an den Pazifik denken lässt, sieht den Altersfleck an der Schläfe, der sie vor zwei Jahrzehnten hatte fragen lassen, ob er sie noch lieben würde, wenn sie alt und schrumpelig sei, und er sie lachend in den Arm nahm und ihr Mal küsste, sieht die kleine Narbe unter der Nase und weiß um ihren Ausflug mit Schlittschuhen an den Füßen, als sie noch nicht verheiratet gewesen waren, sieht den schiefen Eckzahn durch die leicht geöffneten Lippen, den sie blöde und er zuckersüß findet, sieht ihre Angst vor dem, was kommt. Sein Herz gerät aus dem Takt, er drückt ihre Hand fester, seine Stimme taucht unter Wasser:

»Ich bin für dich da. Für immer und ewig.«

Mittags sitzt Frieda am Küchentisch, ein Kissen unter dem Popo, die Beine baumeln in ihrer Leichtigkeit. Das Radio spielt leise, Hugo summt: *»Ganz in Weiß mit einem Blumenstrauß.«*

»Zu diesem Lied haben deine Omaoma und ich früher

getanzt.« Er sieht Linda in die Augen, während sie das Essen auf den Tisch stellt, beide lächeln, eine Prise Wehmut klingt an. »Schöne Zeiten, lang ist es her.« Sie füllt die Teller. Tomatensoße umhüllt die Pasta, geröstetes Paniermehl als krosses Häubchen, Linda weiß, was ihre Urenkelin am liebsten isst. Dampf kringelt sich zur Zimmerdecke hoch, Gabel und Löffel klimpern, es riecht nach dem sichersten Ort der Welt.

Ist Frieda bei ihnen, erinnern sie sich an das Leben, wie es einmal war. Harte Arbeit, ja, Schuften und Rackern bestimmten den Alltag und mittags das gemeinsame Essen mit Familie und Angestellten. Am großen Tisch saßen sie dann, mit runden Rücken und Dreck unter den Fingernägeln. Etikette? Papperlapapp, der Körper braucht Energie. Das ist das, was zählt. Und auch das war Alltag: Lachen und kichern, einander auswendig kennen und sich vertrauen. Dazwischen liefen die Kinder umher, in den 1960er-, 70er-Jahren die eigenen, später die Enkel. Die Zeiten für Kuscheln und Schmusen waren knapp bemessen, das hatten die Kleinen schnell begriffen. Wie sollte es auf einem großen Hof auch anders gehen? Sie suchten sich dennoch ihre Nischen, halfen mal freudig, mal schmollend und konnten sich auf die Liebe der Eltern und Großeltern verlassen wie das Watt auf Ebbe und Flut. Heutzutage sitzen Hugo und Linda meist allein am großen Tisch, rücken nah zusammen, gegen die Leere im großen Raum.

»Vorhin bin ich durch das Fenster geklettert, Mama hat mich eingesperrt.« Frieda rollt mit den Augen. Für sie ist es nichts weiter als ein Abenteuer, sich ihren Weg aus der Wohnung zu suchen. Dann eben ein Stuhl ans kleine Flurfenster schieben, an der Hauswand entlangschleichen, vorbei an den Stockrosen, die an ihren verwelkten Blüten festhalten, vorbei an der Eibe, deren Beeren Frieda nicht anfassen darf, vorbei am Flieder, der im Frühling wieder herrlich duften wird, um endlich in Lindas oder Hugos Arme zu laufen.

Frieda ist noch zu sehr Kind, um zu verstehen, dass es sich streng genommen um Freiheitsberaubung handelt, was ihre Mutter Nele ihr antut. In den Monaten nach Bens Verschwinden hatte Nele begonnen, alles Verschließbare zu verschließen. Unzählige Male prüfte sie, ob sich die Tür mehr in den Rahmen drücken, das Schloss einmal mehr umdrehen ließe und die Fenster fest geschlossen waren. Es könnte sich etwas verflüchtigen, das war Neles große Angst. Sie schrie, hielt man sie davon ab, sie strampelte mit den Beinen, wollte man sie von der Tür wegziehen. Die Familie arrangierte sich, das gehe vorbei, sie vermisse eben ihren Bruder. Befreien konnte sich Nele von ihrem Tick nie, aber es wurde mit den Jahren besser. Sie wuchs zur Frau heran und widerstand dem Sog der Trauer ihrer Mutter Maggi, die tiefer und tiefer in ihrem Kummer versank. Die Zusage für die Uni, sechs Semester BWL sollten ihr Befreiungsschlag werden. Sie verliebte sich in Paul, schwebte mit ihm in allen Wolken, wurde ungeplant schwanger, und Paul blickte ihr tief in die Augen und sagte: »Kein Problem, solange wir zusammenhalten.« Nele träumte von einer gleichberechtigten Erziehung und ihrem Diplom, brachte ein gesundes Mädchen zu Welt. Acht Wochen später wurde es Paul zu bunt, er wolle die Welt sehen, schließlich sei er noch zu jung für etwas derart Festes, nahm seine Tasche und knallte die Tür hinter sich zu. Wieder war jemand verschwunden, und Neles Tick kam zurück, schlimmer denn je. Als ihre Episoden der Starre länger und länger wurden und sie eines Tages die bläulichen Lippen von Frieda bemerkte, die ohne Decke in der Wiege lag, zog Nele mit dem Baby zurück auf den Hof. In ihrem Kummer glich sie sich mehr und mehr ihrer Mutter an.

»Kommt das wieder öfters vor, dass Mama dich einschließt?« Hugo fragt wie beiläufig, schließlich möchte er eine ehrliche Antwort von Frieda. Innerlich fühlt er sich wie Kerzenwachs, das in Eiswasser tropft.

»Gestern durfte ich nicht zu Lilis Geburtstag. Mama stand im Flur und hat die Tür nicht aufgemacht.« Frieda stützt den Kopf in die Hand und guckt traurig. »Dabei ist Lili meine allerbeste Freundin.«

»Was erzählst du für einen Blödsinn.« Nele steht unvermittelt im Raum, keiner hat sie kommen hören.

»Ich war aber nicht bei Lili.« Mit sachlicher Neutralität sagt Frieda das und klettert auf Lindas Schoß.

»Warum war sie nicht da?« Hugo schubst mit der Gabel eine Nudel auf dem Teller hin und her.

»Keine Zeit.«

»Fürs Türanstarren hattest du Zeit, aber deiner Tochter einen schönen Tag gönnen, das ging nicht? Ich hätte sie fahren können.«

»Was ich meiner Tochter gönne oder nicht, geht dich nichts an. Frieda, komm, wir gehen!«

»Wir können nichts dafür, dass Paul weg ist.«

»Alle Männer sind weg, falls dir das noch nicht aufgefallen sein sollte – alle außer dir. Andersherum wäre es besser.«

Nele geht auf Linda zu, zieht Frieda aus ihren Armen, die sich an Lindas Pullover festhält. »Jetzt komm, du Wurm.« Ein lang gezogenes Nein, ein Klammergriff, das Reißen einer Schnur: Dutzende Perlen rasseln zu Boden. Alle im Raum schauen stumm zu, wie die Perlmuttkügelchen auf den Fliesen tanzen wie dicke Regentropfen auf einer Motorhaube.

»Alles … alles geht hier verloren.« Nele starrt Hugo an, ihre Augen füllen sich mit Tränen.

»Es ist nur eine Kette, Nele. Ein Ding, mehr nicht.« Linda hebt Frieda vom Schoß und greift mit beiden Händen nach Neles Hand. Tränen tropfen auf den Handknoten.

»Nur ein Ding? Genauso wie Ben, wie Papa und Paul?«

»Nelchen, das darfst du nicht mal denken.« Linda steht auf, will Nele umarmen, doch sie weicht zurück und wischt sich mit dem Ärmel die Tränen vom Kinn.

»Aber genau so ist es. Wären sie Menschen, würdet ihr über sie sprechen. Aber auf diesem Hof gibt es nur elendes Schweigen. Nichts anderes.«

Frieda krabbelt auf dem Fußboden umher, sammelt die Perlen ein, sie hat sich aus der Welt der Erwachsenen ausgeklinkt.

»Ich halte das nicht mehr aus! Ich brauche Luft!« Nele beugt sich kurz zu ihrer Tochter hinunter, streicht ihr über den Rücken. »Du bleibst hier und bist brav.« Das Mädchen summt vor sich hin.

»Hugo, sag endlich mal was! Herrgott noch mal!« Linda sinkt auf ihren Stuhl, ihr Ehering tickt unruhig auf die Tischplatte.

Hugo sieht die Blicke der Frauen, die wie Gewehrläufe auf ihn zielen, riecht die Tomatensoße, die ihm nun sauer in die Nase steigt, und schiebt den Teller von sich weg.

»Ich …« Er nimmt einen tiefen Kratzer auf dem Tisch in den Fokus, will die anklagenden Augenpaare nicht sehen müssen. Die Nudeln ramentern in seinem Magen, die Kehle hat ihre Barrikaden hochgezogen. Ein Zaun aus Natodraht gegen all jene Wörter, die das Zerbrechen seiner Familie aufhalten könnten. Dann kreischen Stuhlbeine über die Kacheln, er drückt sich vom Sitz hoch und macht das Fenster auf.

»Er ist das Zentrum des Schweigens, von ihm geht alles aus.« Nele blickt mit großem Flehen zu Linda, während sie mit dem Finger auf Hugos Rücken zeigt, tippt mit jedem Wort nach vorn, als könnte sie ihn aus dem Fenster stupsen. »Bin ich die Einzige, die das sieht?« Sie rennt raus, stößt mit der Schulter gegen den Türrahmen, ein tränennasses »Verdammt«, dann ist sie weg.

Hugo sieht das Laub über den Rasen tollen und beobachtet ein Meisentrio, das von Baum zu Baum rast. Hört, wie Linda mit Frieda redet, hört die Perlen, die in eine Schale klickern, hört die Frage, ob Opaopa traurig sei. Dann ist er allein. Gerne hätte er die Antwort seiner Frau mitbekommen, sie wäre ihm ein Stück Treibholz, an das er sich hätte klammern können. Er schließt das Fenster und räumt die Teller vom Tisch. Eine vergessene Perle rollt vor seine Füße und landet unterm Schrank … Was bleibt, wenn alles verschwindet?, fragt er sich und löscht das Licht im seelenleeren Zimmer.

Hugo und Linda sitzen vorm Fernseher. Das Vieh ist versorgt, die Kuchen für das Café sind gebacken, Frieda schläft im Gästezimmer. Jetzt lassen sie den Rest der Welt in ihr Wohnzimmer und schütteln bei den Nachrichten bisweilen den Kopf, zu viel Ungerechtigkeit, zu viel Hunger und Armut, zu viele Katastrophen, zu viel Gewalt.

Linda scheint fast froh, als die Wetterkarte mit der vertrauten Stimme aus dem Off erscheint: »Nachts kalt, doch insgesamt viel zu trocken, viel zu warm für die Jahreszeit.«

»Ach, ach, selbst das Wetter ist aus den Fugen.« Sie nimmt sich ihr Strickzeug. Hugo weiß, wie nahe ihr schlechte Nachrichten gehen. Er sieht auch, wie abgekämpft sie wirkt.

»Morgen um zwei ist der Auftritt …« Weiter kommt Hugo nicht, die Tür knallt gegen die Wand. Maggi steht vorm Couchtisch, atmet schwer.

»Nele und Frieda sind nicht da, ihre Wohnung ist dunkel, ich habe sie den ganzen Tag noch nicht gesehen.«

»Frieda schläft im Gästezimmer.« Hugo ist zur Sofakante vorgerutscht, sucht die Stummtaste auf der Fernbedienung.

»Und wo ist Nele?«

»Ist sie noch nicht zurück? Sie wollte Luft schnappen.«

»Was soll das heißen?«

»Sie brauchte Zeit für sich.«

»So lange? Wir müssen sie suchen!«

»Beruhige dich.«

»Ich soll mich beruhigen? Meine Tochter ist fort! Erst Ben, jetzt Nele.« Maggi greift sich in die Haare, geht im Zimmer auf und ab. Ihre Panik wird größer und größer. Sie schüttelt Linda ab, die aufgestanden ist und sie am Arm greifen möchte, ihre Hand fassen will.

»Schsch, Maggi-Schatz. Alles wird gut.«

»Nichts wird gut, verdammt.« Maggi schubst Linda von sich. So grob, dass Linda strauchelt und an der Schrankwand Halt suchen muss, um nicht hinzufallen. Beide verharren in ihrer Bewegung, starren sich mit aufgerissenen Augen an, aus denen Tränen der Panik und Sorge fließen.

»Ben hat den kleinen Max überfahren.«

Stille.

Hugo sieht, wie beide Frauen zu ihm schauen, erkennt an ihren Blicken, dass das Gesagte keine Rezeptoren zum Begreifen findet.

»Als das damals mit dem kleinen Max passierte, ist Ben gefahren. Er hat den Jungen nicht gesehen. Konnte ihn nicht sehen, wegen der Hausecke. Ich wollte Ben nur beschützen.« Hugo ist erstaunt, wie leicht die Worte seinen Mund verlassen. Jene Worte, die er seit 2002 in sich gefangen hält, weil er gehofft hatte, Ben würde eines Tages wiederauftauchen und alles würde wie zuvor werden. Stattdessen hatte sich ein Schweigejahr an ein anderes gereiht.

Hugo sieht, wie Linda sich auf die Lehne des Sofas setzt, wie ihre Haut bleich im Licht des Fernsehers scheint, wie Maggi zu ihm runterschaut, wie ihre Haare strähnenweise nach vorn fallen, ihre Hände zu Fäusten geballt sind. In die Stille im Raum hinein erzählt Hugo alles vom Unfalltag, von seinen Versuchen, der Familie alles zu sagen, vom Schweigen, das sich verselbstständigt hat, und mit einem Blick zu Linda, der eine vorzeitige Abbitte leisten soll, erzählt er Maggi von Lindas Diagnose.

»Schweigen ist der schlechteste Ratgeber, das ist mir jetzt klar.«

Maggi steht regungslos da, starrt Hugo an. Dann geht sie zu Linda, umarmt sie fest und sagt zu ihr: »Ich muss jetzt erst mal Nele suchen.« Sie geht aus dem Zimmer, ohne Hugo zu beachten. Ihr Schritt ist schnell, als wolle sie flüchten. Linda beugt sich zu Hugo, legt ihre Hand auf seine Schulter, nur kurz, bevor sie zur Faust wird und gegen seinen Oberarm haut, ratlos, enttäuscht. »Warum erst jetzt? Herrgott, warum so spät?«, und läuft hinter Maggi her.

Hugo lässt sich ins Sofa sinken, ist plötzlich unsagbar müde, als wäre alle Kraft durch eine klaffende Wunde in die Polster gesickert. Seine Gedanken pendeln hin und her. Da ist die Erleichterung, endlich die Last losgeworden zu sein, da sind Maggis Blicke, wie sie sich winden wie ein verletztes Tier, da ist Lindas alles entscheidende Frage, die wie Säure an ihm frisst, da sind die Gedanken, sein Leben zu beenden, die er schon oft gehabt hatte. Aber Linda brauchte ihn, Maggi, Nele, Frieda auch – oder sollte er sich getäuscht haben?

Er rappelt sich auf, nimmt die Wolldecke und geht ins Gästezimmer. Frieda schläft tief und fest. Der Stoffhase liegt in ihrem Arm, Ernie und Bert lachen vom kreisrunden Nachtlicht herunter, das in der Steckdose leuchtet. Hugo setzt sich in den Sessel, deckt sich zu und lauscht ihrem Atem.

Hans

Das Haus ist dunkel. Gott sei Dank, sie schläft, denkt Hans und schält sich aus Roberts Auto. »So, das war's. Was nächsten Donnerstag passiert, wissen die Geier. Wohligen Abend, die Herren.«

Er spürt die kalte Luft, die ihm in den Nacken kriecht. Die Geräusche des Autos verebben, bis die Ruhe ihn einhüllt wie ein weiches Frotteehandtuch. »Bald wird es anders sein«, sagt Hans in die Stille und atmet tief ein und aus, zieht sich am Treppengeländer hoch, während Gehstock und Hüfte Stufe um Stufe erklimmen. Die elendige Langsamkeit ist ihm zuwider, und er erinnert sich, wie fit er stets war. Wenn ich das geahnt hätte, ich hätte die guten Jahre bis zum Überdruss genossen, sinniert er wie so oft. Und hätte es ein Sportliche-Sänger-Ranking gegeben, wäre er auf Platz zwei gelandet, wegen seiner täglichen Kilometer als Briefträger. Platz eins wäre Arik vorbehalten gewesen. Er war der Sportlichste von ihnen. Lange Beine, sehniger Körper und das Idealgewicht eines Läufers. Er war einer der Ersten im Dorf gewesen, die Anfang der 1970er-Jahre dem Trimm-dich-Trend folgten und das Joggen für sich entdeckten. »Laufen ohne Schnaufen«, hatte Arik gesagt, wann immer sie beide auf das Thema gekommen waren, und hatte zu dem Slogan des Deutschen Sportbundes mit den Füßen auf der Stelle getrippelt und gegrinst wie ein Schuljunge. Das war zu seinen guten Zeiten gewesen. »Ach, Arik, du wärst sicherlich immer noch der Fitteste von uns«, sagt Hans leise vor sich hin und fingert seinen Schlüssel aus der Jacke.

Der Flur ist lang und schmal. Ein Läufer in dunklen Farben wattiert seine Schritte. Die Deckenlampe hat Mühe, gegen die braune Vertäfelung anzukommen. Wie so oft öffnet er die Tür zum einstigen Kinderzimmer, schaut rein, als ob dort ein »Hallo, Paps« warten würde. Doch der Raum ist still. Kartons, Bügelbrett und Werkzeugkisten, Marmeladengläser und leere Eisdosen zwischen den Möbeln zementieren das Vakuum der Vergangenheit. Das Kinderlachen von einst klingt nur vage in Hans' Erinnerungen nach. Er geht in die Küche, hört die Wanduhr, vergilbtes Porzellan, gemaltes Obst als Dekor, ticktack. Er fährt mit der Hand über die Arbeitsfläche, erkennt Annis Wirkungskreis. Krater und kleine Schnitzer sprenkeln die Oberfläche, wie spröde Lippen. Spritzer jedweder Art zeigen, wie selten Anni unfallfrei eins ins andere geschöpft, geschüttet, gegossen bekommt und wie egal ihr das mittlerweile ist. Er nimmt den Lappen und wischt das Augenfälligste weg, genauer hinzuschauen lohnt sich nicht. Um vieles hat sie sich nicht gekümmert, gutes Essen hingegen war ihr stets heilig. »Essen hält Leib und Seele zusammen«, sagte sie tagtäglich, während sie die Schüsseln auf den Tisch stellte und allseits Lob und Dankbarkeit erwartete. Doch weder Falscher Hase noch Senfeier oder Buttercremetorten konnten das Ausfransen der Familie aufhalten. Heutzutage muss Hans ihr zur Hand gehen, ihr das Kommando abnehmen. Tränen der Wut sind ihre Antwort darauf.

Ein letztes Bierchen, denkt sich Hans und kramt zwischen H-Milch und Johannisbeersaft nach der Flasche. Er muss den Öffner zweimal ansetzen, dann gleitet der Kronkorken ohne Elan die Flasche hinab und bleibt auf der Arbeitsplatte liegen. Ein tiefer Schluck, ein gehauchtes Hach entfährt ihm, und er schlurft ins Wohnzimmer. Mit jedem Schritt ploppt der Gummipuffer seines Stocks auf die Kacheln, versucht zu verbergen, wie wackelig das Leben bisweilen ist. Im Greisentempo geht's zum niedrigen Tisch am Fenster. »Die fehlende Mobilität ist der Antagonist eines jeden schönen Lebensabends. Sie ist die Zwillingsschwester einer monotonen Einsamkeit«, diese Worte hatte sich Hans für eine imaginäre Rede zurechtgelegt. Eine Rede, die er gerne einmal vor Entscheidungsträgern halten würde, wenn es um die Mobilität der alternden Gesellschaft im ländlichen Raum geht. Körperliche Langsamkeit bei wachem Geist, welch gemeine Mischung.

Blauer Himmel, weiße Schäfchenwolken, bewaldete Berge und Schloss Neuschwanstein. Dreitausend Teile, der Rand ist bereits gelegt, zusammengesetzte Turmspitzen liegen in der Mitte. »Muss es wirklich Puzzeln sein? Muss es vor meinen Augen sein?«, hatte Anni ihn bei seinem ersten Puzzle gefragt. Der Arzt hatte tags zuvor bestätigt, dass ihr Zittern an Händen und Beinen nie wieder aufhören und sich wohl auch verschlimmern würde. »Du hast den Arzt gehört, um mich um dich kümmern zu können, muss ich fit bleiben. Auch mental.« Das war vor sieben Jahren und Dutzenden Puzzles gewesen. Es war seine Art, gegen Anni aufzubegehren, nonverbal, subtil, gewaltfrei. Hatte er ein Puzzle fertig, klebte er es auf eine dünne Spanplatte, lasierte die Oberfläche und hängte die Panoramen und Naturidyllen im ganzen Haus auf. Tausend Fenster in eine nicht bereiste Welt.

Hans schaut zum leeren Sessel: dunkelgrüner Bezug, die Mulde ist zementiert, die Armlehnen glänzen vom Talg der unruhigen Hände. Davor steht ein Fußreflexmassagegerät, weißsilber, futuristisch geformt, elektrisch betrieben, das angeblich das Herz stärken soll. Tinnef aus dem Teleshop. Annis Sessel, Annis Platz in diesem Leben. Aus ihm verfolgt sie Stars und Sternchen auf der Mattscheibe, schmachtet nach Lovestorys oder bestellt den neusten Hokuspokus, den die überdrehten Moderatoren anpreisen, ohne rot zu werden. Annis Urteil fällt stets zugunsten der Produkte aus. Flankiert von einem »Ach nee, wenn es das früher gegeben hätte …«, drückt sie die Kurzwahltaste am Telefon. Derweil sitzt Hans am Fenster und hält bunte Pappteilchen mal hier, mal da an und findet mal schneller, mal langsamer das richtige Gegenstück und ist wie so oft verblüfft, wie problemlos die Verkaufstricks bei Anni verfangen.

Orchideenblüten liegen auf der Fensterbank, blassviolettes Seidenpapier, zerknittert und glanzlos. Die kalkigen Wasserflecken auf dem Marmor verraten Annis Fehlversuche beim Gießen. Ihre Begeisterung für diese Blumen hat Hans nie verstanden, findet, die nackten Wurzeln gleichen den Armen einer ausgetrockneten Krake. Er hat die Szene von einst wieder vor Augen – ihr Einzug in das kleine Haus am Ortsrand, wie Anni die erste Orchidee auf die Fensterbank stellte, die

Sonne spielte mit ihren kastanienbraunen Haaren, sie war im zweiten Monat schwanger und strahlte ihn an: »Einmal in die Heimat der Orchideen reisen, das wünsche ich mir.« Sie drehte die Blüten zum Licht und glaubte an ihren Traum. Hans hatte genickt, aber nicht gefragt, wo das für sie sei, wusste er doch, dass Orchideen in fast allen Klimazonen beheimatet waren. Ihr Glücklichsein, ihr Verzaubertsein hatten ihn schweigen lassen. Das war 1961 gewesen – die Welt hatten sie nicht bereist, kannten nur die Bilder aus dem Kino, und Anni genügte das.

Sie kannten sich aus der Tanzschule. Waren ausgezählt worden, ein Paar auf dem Parkett zu sein. Fräulein Schönbier nannte sie ein schönes Pärchen, erklärte ihnen Schrittabfolge, Etikette und Rollenklischees, wie sie es unzähligen anderen Jahrgängen beigebracht hatte. »Die Männer führen sicher, die Damen lächeln, also bitte«, sagte sie, während sie die Nadel auf die Vinylplatte legte. »Eins, zwei, Cha-Cha-Cha.« Hans hatte miserabel geführt und Anni ihr bestes Lächeln gezeigt. Es war, wie es war.

Seitdem mochten sie sich und hielten das für die großen Gefühle. Ihre Ausflüge ins Grüne, Vanilleeis und Bratwürstchen, *Verdammt sind sie alle* und *Hausboot* mit der schönen Sophia Loren im Kino, ihr erster Kuss, das schien ihnen Grund genug, eine Ehe in Betracht zu ziehen. Sie hatten es nicht besser gewusst.

Eine bescheidene Hochzeitsfeier folgte zeitnah, als Anni in anderen Umständen war mit einem Kind, auf das sich beide sehr freuten. Das Licht auf die Familie sollte kein schlechtes sein. Die Eltern fädelten alles ein, wollten kein unnötiges

Gerede. »Was denn für Träume?«, hatte Hans' Vater ihn gefragt. »Ihr seid jetzt Familie Nowak, Haus und Hof, Kind und Kegel, das ist das Leben.« Er knuffte ihm in den Arm, zwinkerte mit dem heilen Auge, »und du hast ja die Postkarten aus aller Welt, die du jeden Tag austragen kannst.« Sein rauchiges Lachen erklang einsam im Raum und Hans begrub seinen Traum vom Reisen.

Brrm, brrm. Hans schreckt hoch. *Brrm, brrm.* Sein Handy vibriert in der Hosentasche. Bevor er danach greift, schaut er sich um, obwohl er weiß, dass Anni schläft. Die Macht der Gewohnheit. Das Display strahlt ihn an, eine Message blinkt auf:

> Hi Paps, hab dir die Fahrkarte per Mail geschickt, brauchst du nur auszudrucken, dann kann es losgehen. Gute Nacht.

Hans legt das Handy vor sich auf den Tisch, seine Augenlider flackern. Er nimmt die Brille ab, wischt sich über das Gesicht, seine Gefühle pendeln zwischen Angst und Freude.

> *Danke Martin, ich erledige den Rest. Schlaf gut.*

Er löscht beide Nachrichten, sucht den richtigen Platz für eine Tannenspitze mit einem Tupfen Blau. Das Puzzleteil fügt sich ohne Widerstand, doch er klopft mit dem Handballen auf die Stelle, wie ein Richter beim Urteilsspruch, kein hätte, hätte, diesmal nicht.

Martin Maria Nowak kommt am 27. November 1961 frühmorgens zur Welt. Die Geburt verläuft wie im Bilderbuch, ohne viele Wehen, ohne übermäßige Schmerzen. Er will förmlich in die Welt, trotz des grellen Lichts im Kreißsaal, trotz der aufgeregten Stimmen, die an sein Ohr branden. Sein erster Schrei ist kräftig und kurz, dann lauscht er der Stille im Raum. Freut sich niemand? Im Laufe des Tages wird bekannt, dass Contergan vom Markt genommen wird, eventuelle Nebenwirkungen seien nicht ausgeschlossen, lässt der Pharmakonzern verkünden. Martin hat kleine Händchen, die ihm aus den Schultern wachsen, und wird nie von seiner Mutter geliebt werden.

Den uferlosen Skandal um das Schlafmittel, der sich in den folgenden Jahren offenbart, blendete Anni aus, kämpfte nicht mit den anderen Eltern um Gerechtigkeit und Anerkennung. Sie kniff die Augen fest zusammen und schüttelte wild den Kopf, wie sie es immer tat, wurde das Leben schwierig. »Das kann ich nicht, das will ich nicht«, sagte sie und sah dabei aus, als hätte sie nächtelang nicht geschlafen. Damit war die Sache für sie entschieden, sie versorgte den Jungen mit dem Nötigsten, darüber hinaus konnte sie nur das Unvollständige an ihm sehen.

Hans indes liebte Martin umso mehr und wurde in dessen Kinderjahren zu seinem Bollwerk, das ihn stark, selbstbewusst und fröhlich werden ließ. Sie streiften durch die Natur, ließen Schiffchen auf dem Bach vom Stapel, lasen Detektivgeschichten und spielten die Szenen nach, tollten im Garten und lachten viel, herzerfrischend, voller Zuneigung. Anni klammerten sie aus.

Hans erinnert sich an manches Dorffest, an dem die Leute Martin mit einer Mischung aus Mitleid und Abscheu anstarrten, wenn er mit den anderen Kindern umhertollte, den Fußball kickte und versuchte, sich nichts anmerken zu lassen, wenn sie ihm nur selten den Ball zuspielten. Hans hatte gesehen, wie sie tuschelten, wenn Martin die Fantaflasche mit den Füßen einklemmte, während er am Strohhalm sog, und auf seine Frage »Noch nie ein Kind Limo trinken sehen?« folgte nur ein »… doch, doch, alles bestens« mit einem Lächeln, das unechter nicht hätte sein können. Nur Carl, Hugo, Otto und Arik verhielten sich normal. Sie hatten Martin gern. Sie mischten sich ein, wenn die anderen Kinder ihn ausschlossen, gaben spitze Kommentare ab, wenn Erwachsene den Jungen wie einen Schwachsinnigen behandelten, ergriffen Partei für ihn, als wäre er ihr eigenes Kind. In solchen Momenten war Hans immer stolz auf seine Freunde und fühlte sich ihnen eng verbunden. Mehr als mit Anni. Denn die schüttelte bei solchen Szenen den Kopf und drehte sich weg, als ginge ihr eigener Sohn sie nichts an, und Hans merkte, wie seine Gefühle zu ihr weniger und weniger wurden.

»Bin ich ein Monster?«, fragte Martin an einem Sommertag, als er mit Hans im Park auf einer Bank dicht beisammensaß, und sie abwechselnd am Eis schleckten.

»Wie kommst du darauf?«

»Mama sagt, mit den kurzen Armen sehe ich aus wie ein The… Thes… Thelasus Hiks. Das war ein Dinosaurier und die waren Monster. Aber die sind ausgestorben, weil sie die Erde kahl gefressen haben.«

»Tyrannosaurus Rex meinst du wohl. Das war aber kein Monster. Zu der Zeit waren fast alle Tiere Dinosaurier. Viele waren riesengroß, aber sie sahen alle ganz unterschiedlich aus. Das war damals normal, genauso, wie du ein normales Kind bist.«

Der Junge dachte mit ernstem Blick über seine Antwort nach. »Und die Erde wird wegen mir nicht kahl?« Seine Stimme ließ ahnen, dass Annis Sätze ihn hatten weinen lassen, einsam in seinem Bett auf die Monster wartend.

»Nein! Nein, ganz im Gegenteil. Ohne dich wäre sie ganz kahl. Deine Mama denkt manchmal nicht nach, bevor sie spricht. Leider machen das viele Menschen. Hör nicht auf sie!«

Nach einer Weile lehnte Martin seinen Kopf an Hans' Arm, kuschelte sich so dicht an ihn, dass kein Windhauch zwischen sie passte: »Ich weiß, dass sie mich nicht leiden kann. Aber das ist mir ab jetzt egal. Ich habe dich, mehr brauche ich nicht.« Glasklare Kinderlogik, und glasklar hielt Martin sich daran, wie auf eine Nacht ein Tag folgt.

Als er acht Jahre war, wollte Martin Horn lernen und Hans ging ohne Umschweife zur nächsten Metallwerkstatt und gab eine Halterung in Auftrag. Von da an spielte der Junge klassisches Horn mit dem linken Fuß und perfektionierte seine Spielweise in den nächsten Jahren zur Meisterschaft.

Draußen ist es noch dunkel, als Hans am nächsten Morgen aufwacht. Der morsche Geruch ihres Schlafs hängt im Raum. Er schiebt seine Hand über das Laken, streckt seinen Arm von sich, nichts. Anni ist schon auf, wie immer, und Hans kennt jede Szene der kommenden Stunden: Anni im Fernsehsessel, der Morgenmantel fahrig über ihre Schultern gezogen, die Füße stecken in dem Massagegerät, das einem Ufo ähnelt. Sie wird sich einen Instantkaffee gemacht haben, ein Strohhalm wird aus der Tasse ragen. Sie wird den Kopf leicht nach links neigen und die Anpreisungen beim Teleshopping verfolgen wie ein Leopard eine Antilope, die Sinnhaftigkeit dieser Nonsensprodukte mit halblauten »Oh, wie praktisch« unterstreichen und dies und das bestellen. Sie werden frühstücken und dabei aneinander vorbeischauen, jeder in seiner Welt wandernd. Der Paketdienst wird bringen, was Anni vor Tagen bestellt hat, sie wird sich freuen, er die Rechnung bezahlen. Mittag, Abend mit TV und Puzzle verschwimmen ineinander und wieder wird ein Tag verpufft sein. Dabei erinnert er sich gut, wie Annis Fähigkeit, sich für die unterschiedlichsten Dinge zu begeistern, stets etwas Anziehendes gehabt hatte. Er sieht sie noch vor sich, wie sie bunt wie ein Regenbogen vor dem Röhrenfernseher mit Jane Fonda ihre Aerobic-Sessions machte, ein Schweißband über das lockige Haar gezogen, die Waden von gestrickten Stulpen umhüllt. Nach Luft japsend hatte sie ihm erklärt, dass das ein *Work-out* sei, während sie im Vierfüßlerstand die Beine abwechselnd nach hinten schwang. Monatelang lief das Jane-Fonda-Video im Wohnzimmer, hallte die Musik im Haus wider und Anni war gut gelaunt gewesen. Dann hatte sich der Hype totgelaufen, das triste Davor war wieder allgegenwärtig.

Töpferei, Brennpeter-Bilder, Floristik, Yoga, französische oder italienische Küche, Gemüseschnitzkunst – vieles hatte Anni ausprobiert, vorbehaltlos neugierig und voller Elan. In Wellen war die Begeisterung gekommen und wie ablaufendes

Wasser wieder verschwunden, und erst im Alter hatte Hans verstanden, dass Anni mit ihren Hobbys alleine geblieben war und nie jemanden gehabt hatte, der ihren Enthusiasmus teilte. Am wenigsten er selbst. Er hatte ihre Euphorie stets geliebt, sie aber gleichzeitig schnell als Spielerei abgetan. Warum er sie nicht ernst genommen hatte, konnte er sich nicht erklären. Er ahnte jedoch, dass sich das Muster aus ihrem Eifer für ein Thema und seiner Abwertung dessen in ihrer Ehe festgesetzt hatte. Hans war es unbegreiflich, dass Anni sich zwar für vieles sehr begeistern, für ihre Familie aber keine Gefühle zulassen konnte.

Morgen wird alles anders sein, denkt Hans und zieht sich an. Das Hüftgelenk knirscht. Die Socken sind die größte Herausforderung. Er verzieht das Gesicht, stöhnt auf, als er das Bündchen über die raue Ferse ruckelt. Elendes Alter, und geht in die Küche, um Frühstück zu machen.

Von der Küche aus sieht er in den Garten, der früher sein Hobby war und jetzt eine Last darstellt. Er sieht die Baumscheiben der alten Apfelbäume, die er fällen lassen musste. Vier Amputationen entlang des Gartenzauns. Er hatte die Bäume geliebt, ihre zarten Blüten im Frühling, ihr kräftiges Grün im Sommer, ihre saftigen Äpfel im Herbst. Die Frau vom Verein Wir retten alte Sorten erzählte ihm, er sei leider kein Einzelfall. Was da an wunderbaren alten Obstsorten verloren ginge, sei eine Tragödie. Die Industrie mit ihrer genormten Ernährung tue ihr Übriges. Und Hans fiel nach diesen Worten auf, dass es in vielen Gärten im Dorf blutende Baumscheiben gab. Die Versuche, die Brutalität des Überfordertseins wegen gesundheitlicher Gebrechen mit Pflanzschalen voller Stiefmütterchen zu kaschieren, wirkten deplatziert, wie ein Clown auf einer Beerdigung. Nun kommt der Gärtner quartalsweise in Hans' Garten, macht alles mit großen Maschinen gefühllos ordentlich, zack, zack. In den Monaten dazwischen sprießt das Gras wie ungekämmtes Haar und führt Hans sein Alter vor Augen, ohne Samthandschuhe und Verklärungen.

Die Klingel schrillt. »Was ist es heute?«

»Hoffentlich ist es diese neue Creme. Die im Fernsehen haben erzählt, dass Jane Fonda die auch benutzt. Täglich.«

»Du weißt, dass solche Geschichten meist frei erfunden sind?«

»Die Fonda lügt nicht, das hat sie nie getan.«

»Nein, natürlich nicht.« Hans verdreht die Augen und geht zur Haustür, ist mit dem Paketboten per Du.

Als er zurückkommt, hat Anni die Schere parat, doch die Unruhe in ihren Händen ist zu groß. Sie kneift die Augen zusammen, schüttelt den Kopf, Hans muss helfen.

Papier raschelt, zwei kleine Tiegel werden freigelegt, Anni greift danach, sie rutschen ihr mehrmals aus der Hand, Hans öffnet für sie die Döschen. Süßschwerer Duft kriecht über den Küchentisch. Anni tupft etwas Creme auf ihren Handrücken, ist zufrieden. Für einen kurzen Augenblick scheint die Begeisterung durch, die er stets an ihr gemocht hatte. Ihre Augen lächeln, das Gesicht strahlt, und es wirkt, als könnte das ihr gemeinsamer Beginn für etwas Neues sein. Nur kurz weilt diese Illusion.

»Weißt du, welchen Tag wir heute haben?«, fragt Hans und hört das Ticktack der Wanduhr. »Anni?«

»Riech mal, wie gut es duftet.« Anni hält ihm den Handrücken entgegen, ihr Arm flattert.

Hans greift die Hand und legt sie in ihren Schoß, wendet sein Gesicht ab, der Geruch erinnert ihn an vergessenes Fallobst.

»Heute vor sechs Monaten ist Bienchen gestorben.«

Anni schweigt, scheint zu überlegen, dann kneift sie die Augen zusammen und schüttelt den Kopf, vehement und ausdauernd. Tränen glänzen, sammeln sich am Kinn, bevor sie auf den Morgenmantel tropfen.

»Das kannst du nicht wegschütteln. Deine Schuld auch nicht.« Er nimmt die Rechnung und lässt Anni allein mit sich.

Als die Ära der Heim-PCs für die breite Masse begann, sagte Anni, das wolle sie nicht, das könne sie nicht, koppelte sich vom World Wide Web ab, bevor sie damit verbunden war. Hans indes begeisterte sich für alle Neuerungen der kommenden Jahrzehnte und sog das Wissen auf wie heißer Wüstensand die ersten Regentropfen. Er reiste online um die Welt, lernte praktische Tipps für Haus und Hof, meisterte virtuelle Schachpartien und belegte Sprach- und Zeichenkurse. Das Wichtigste aber war die Verbindung zu Martin, die er per Mail, per Video, per Messenger jeden Tag pflegte, egal auf welchem Kontinent der Sohn gerade mit seinem Orchester tourte. Genauso wichtig war es für die beiden, Anni all die Jahre außen vor zu lassen.

Von wem Martin das musikalische Talent geerbt hatte, konnte Hans sich nicht erklären, aber es war da, in aller Klarheit, und Martin setzte es herzensgerne ein. Er übte mit Hingabe, verfeinerte früh sein Spiel, gewann erste Wettbewerbe mit Leichtigkeit – auch wenn das leise Gefühl mitschwang, es sei lediglich, weil er nicht mit den Händen spielte. Doch er wusste das Spezielle seiner Spielart mit seiner Virtuosität wettzumachen, die die Härchen auf den Unterarmen aufstellte und die Zuhörer erschauern ließ.

Anni interessierte sich nicht für seine Begabung, fand das Getröte im Haus nervig und wollte Martin unbedingt in einem Heim unterbringen. »Hauptsache, ich muss die Blicke der anderen nicht länger ertragen, wie sie darüber tuscheln, dass du ihn auch noch förderst«, hatte sie gesagt, die Augen geschlossen und den Kopf geschüttelt. »Aber warum denn nicht?«, hatte Hans gefragt. »Sein Talent ist außergewöhnlich. Soll er es verstecken, nur weil du Schlafprobleme gehabt hast?« Sie hörte nicht hin und schüttelte weiter den Kopf, sah aus wie im Zerrspiegel. Am Ende hatte er keine Kraft mehr gehabt, zu ertragen, wie der Junge unter Anni litt, wie das Familienleben mehr und mehr nach Verwesung roch, weil Anni keinen Zentimeter nachgab. Schließlich willigte er ein, das zehnjährige Wunderkind, seinen geliebten Sohnemann, auf ein Musikinternat zu schicken. Nie ekelte er sich mehr vor sich selbst, nie war alles derartig schwarz wie an dem Tag, an dem er Martin in dem riesigen Schlafsaal allein zurückließ, wie sein Junge überproportional kleiner wurde mit jedem Schritt, den er sich von ihm entfernte, nie war er trauriger als in dem Moment, in dem er die schwere Holztür schloss. Es klang wie ein Deckel, der auf einen Sarg kracht.

Wenige Wochen zuvor hatten sie noch gemeinsam auf der Bühne gestanden. Bei einem Freundschaftskonzert in der kleinen niederländischen Partnerstadt. Martin am Horn, Piet, der Pianist aus der Provinz Groningen, und Hans mit seinen Männern. Es war Martins erstes großes Konzert außerhalb seiner gewohnten Umgebung gewesen. Er war seit dem frühen Morgen so aufgeregt, dass Hans es bereute, den Jungen zu diesem Auftritt überredet zu haben, und Sorge gehabt hatte, er könnte in aller Öffentlichkeit einen Blackout haben. Nicht auszudenken, was das bei Martin anrichten könnte. Stunde um Stunde war der Junge nervöser geworden, hatte nichts essen wollen, nichts trinken, obwohl die Hitze sie alle quälte, meinte einen Krampf im linken Fuß zu haben. Alles schien, als müsste Hans die Stopptaste drücken, um seinen Sohn zu schützen. Arik war es gewesen, der den richtigen Zugang zu Martin gefunden hatte.

»Mir helfen immer Dick und Doof. Ich stelle mir vor, was denen Peinliches passieren könnte.«

Martins Blick verriet die Fragezeichen, die er hatte.

Dann hatte Arik ihm erzählt, wie er sich bei seinen Auftritten vorstellte, dass die beiden an seiner Stelle wären: Wie Stan auf die Bühne stolpert, gegen Ollie fällt, der gegen den nächsten Sänger. Oder wie Ollie seinen Liedtext vergisst und Hilfe suchend Stan anschaut, dieser ihm etwas ins Ohr flüstert und Ollie aus voller Kehle singt: »Du, Ollie, ich glaub', ich weiß den Text auch nicht mehr«, und er dann mit seinem typischen Blick Stan den Hut vom Kopf wischt.

»Und weißt du, was dann passiert?«

Martin hatte Arik unwirsch angeguckt. »Was weiß ich.«

»Überleg doch mal!«

»Keine Ahnung, du wärst gerne wie Dick und Doof?!«

»Nein, eben nicht. Ich muss innerlich lachen, da ich alles ganz genau vor Augen habe.« Arik machte das verheulte Gesicht eines Stans und fingerte an seiner Krawatte herum, die olliehaft Wellen schlug.

»Das klappt nie«, sagte Martin voller Ernst.

»Doch! Denn wenn es so passieren würde, würden die Leute im Publikum eben auch lachen. Und was ist daran schlimm? Man fängt einfach von vorne an und alles ist gut.« Arik kratzte sich wie Stan am Kopf, und Martin begann zu grinsen, wenn auch zaghaft. »Denn du musst wissen, nichts ist freier als ein ehrliches Lachen. Man hat nicht immer Gründe zu lachen, weiß Gott nicht, aber mit etwas Fantasie geht das.«

Martin war ruhiger geworden, und als sie an der Reihe waren, hatte er sich mit einem Lächeln an sein Horn gesetzt. Der Pianist gab das Zeichen und sie spielten Schuberts »Auf dem Strom«.

Nimm die letzten Abschiedsküsse
Und die wehenden, die Grüße,
Die ich noch ans Ufer sende,
Eh' dein Fuß sich scheidend wende!

Martins Spiel war hinreißend gewesen, darin war sich der Chor einig, allen voran Hans. Das Fest in dem Dorf mit der Windmühle und der alten Drehbrücke war wunderschön, und Hans war klar geworden, dass er seinen talentierten Sohn nun würde ziehen lassen, ihm die letzten Abschiedsküsse würde geben müssen.

Hans besuchte Martin jedes Wochenende im Internat. Die ersten Male überwog bei dem Jungen das Misstrauen, das Gefühl von Verrat, aber peu à peu wurde es besser und die Wunde heilte, der Schorf fiel ab. Anni kam nie mit. Das war ihr zu kompliziert, zu lebensnah. Zudem hatte Martin beschlossen, sie so wenig wie möglich sehen zu wollen. Unausweichlich war es in den Ferien, wenn das Internat geschlossen hatte. Dann war Martin stets so viel wie möglich mit Hans und später auch mit Bienchen unterwegs, ohne Anni zu fragen, ob sie mitkommen wollte. Hans hätte gerne etwas von der Stärke seines Kindes gehabt. Auch er verachtete Anni dafür, dass sie nicht in der Lage war, ihren Sohn zu lieben, und auch nichts daran ändern wollte. Er konnte es nicht nachvollziehen, führte es doch dazu, dass sich Martin und er immer mehr von ihr entfernten. Selbst auf Fotos der wenigen gemeinsamen Urlaube stand sie eine Handbreit zu weit von ihnen entfernt, um eine familiäre Einheit zu bilden. Trotz alledem scheute er das Endgültige einer Trennung. Stattdessen sah er zu, wie aus dem Jungen ein wundervoller Musiker wurde, der mit den besten Orchestern der Welt auftrat und früh sein eigenes Leben führte. Sie blieben Verbündete für alle Zeiten, und als Anni nicht zu Bienchens Beerdigung ging, schmiedeten sie gemeinsam einen Plan.

Log-in, Lupe, die IBAN entziffern, Zahl um Zahl eintippen, vor- und rückwärts prüfen, Betrag, Verwendungszweck, Enter – und schon wieder Geld aus dem Fenster geworfen, denkt Hans und klickt sich zu den Aktienkursen. Die Kurve zeigt nach oben, der Trend ist stabil, es kann losgehen.

Sein Plan steht fest, nichts hält ihn mehr in diesem miefigen Haus, kein Kind muss gerettet, kein Lied mehr gesungen werden. Er ist ganz bei sich, kein nervöses Herzklopfen, kein Augenzucken, kein schlechtes Gewissen. Er tut das Richtige. Er öffnet Martins Mail und schickt einen Druckbefehl an den grauen Kasten, der neben dem PC steht: Seine Fahrkarte rattert ins Ablagefach. Ein Mädchen mit Rollschuhen unter den Füßen lacht ihm aus einem Bilderrahmen zu, ist mit seinem Plan einverstanden. Hans zwinkert ihr zu, streicht mit dem Zeigefinger an der Profilleiste entlang und geht zu seinem Puzzle.

Als Martin aus dem Haus war und Anni nach einigen Jahren die Ruhe nicht mehr gefiel, meinte sie, ein Pflegekind solle her. Was Hans davon hielt, zählte für sie nicht, und auf seine Frage »Warum nicht ein eigenes?« guckte sie ihn lange schweigend an und sagte schließlich mit leiser Stimme: »Davor habe ich zu große Angst.« Hans wollte Anni in den Arm nehmen, doch sie machte nur eine hilflose Handbewegung und verließ den Raum. Das war das einzige Mal, dass sie das Fenster zu ihren Gefühlen einen Spaltbreit öffnete. Danach hielt sie es stets fest verschlossen. Bis eines Tages ein kleines Mädchen mit grünen Augen und einer Narbe an der Schläfe vor der Tür stand. Ihre Haare waren elektrisch aufgeladen und tanzten im Sonnenlicht, als sie die Mütze abnahm und Hallo sagte, nicht schüchtern, nicht scheu oder ängstlich, vielmehr klang es nüchtern. Was hat die Kleine nur schon alles erlebt?, dachte Hans und schloss sie in sein Herz.

Eigentlich hatte er in jenem Winter Anni verlassen wollen, jetzt aber brauchte Bienchen ihn, das spürte er allzu deutlich. Er wusste, dass sich die Geschichte sonst wiederholen würde.

Bienchen war fünfeinhalb, als sie zu den Nowaks kam. Anfangs buhlte Anni um ihre Zuneigung. Überschüttete sie mit allem und davon viel zu viel – zu viel Süßes, zu viel Schmusen, zu viel Lachen, zu viel Aufmerksamkeit –, bis Bienchen sie überfordert von sich wies und die Nähe zu Hans suchte. Je mehr Anni tat, desto mehr zog sich das Mädchen mit den klugen Augen zurück. Zwei Sturköpfe auf dem Spielplatz des Lebens, stets das gleiche Theater. Täglich echoten mehr Vorwürfe von Anni durch die Zimmer und vervielfältigten sich unaufhörlich, immer seltener fanden die beiden zueinander.

Hans weiß noch, wie er Bienchen das erste Mal mit zu Martin ins Internat nahm. Wie sie sich erst halb hinter seiner Hüfte versteckte, als sie im Foyer standen, aber schnell einen Schritt nach vorne machte. Martin hatte ihr eine Kassette mit seinen Lieblingshits aufgenommen. Er zählte einige der Bands auf und musste lachen, als sie fragte, ob auch *Biene Maja* darauf sei. *»Maja fliegt durch ihre Welt und zeigt uns das, was ihr gefällt«,* sang Bienchen mit ihrer Kinderstimme und summte die Melodie noch ein wenig weiter. »Das habe ich nicht mit drauf. Das nächste Mal aber«, sagte er.

Dann gingen sie spazieren, wollten ins Café, Waffeln mit heißen Kirschen essen.

»Bienchen bei uns aufzunehmen, geht nicht gegen dich. Das weißt du, oder?«, fragte Hans, als sie vorgerannt war.

Martin lehnte sich an Hans' Schulter, wie er es früher oft getan hatte, nur dass er jetzt größer war als sein Vater. So gingen sie langsam weiter. »Für mich ändert sich nichts, denn du bist meine Familie und jetzt auch Bienchen. Ich wünsche mir sehr, dass die Kleine es leichter mit Anni haben wird.«

Martin stieß sich sanft von ihm ab, bevor er lachend auf das Café zulief. Hans war ihm unendlich dankbar dafür, dass er so lieb zu dem Mädchen war, sich mit ihr unterhielt und Quatsch machte. Wieder einmal war er überrascht, wie wenig sich sein Sohn von Anni ins Leben pfuschen ließ.

Es war ihr achter Geburtstag, als Bienchen mit dem Reisen begann. Erdbeertorte, Discoroller mit gelben Stoppern, keine Gäste, gestelzte Heiterkeit. Später ging Hans mit Bienchen nach draußen, die Rollschuhe schrien nach Asphalt und Bewegung. Die Luft war warm, der Frühling meinte es gut und umschmeichelte die Haut unter den T-Shirts. Die Fliedersträucher in den Vorgärten dufteten um die Wette. Nach den ersten Metern war Bienchen sicher unterwegs, rollte mal hierhin, mal dahin, öffnete die Beine, um Gullydeckel elegant zu überfahren, fuhr Achten und Slalom. Hans stand derweil am Zaun, genoss die Anmut ihrer Bewegungen, pfiff zu ihren Kunststückchen, machte ein Foto von ihr. Schön war der Moment gewesen, leicht, ehrlich, unbeschwert, wie lachende Smileys auf Luftballons. Für kurze Zeit hatte Bienchen vergessen, dass keines der Mädchen aus ihrer Klasse gekommen war, dass sie als Pflegekind eine Außenseiterin war und stets ahnte, dass die anderen Mütter ihren Töchtern einbläuten: »Halt dich von der fern, wer weiß, warum die keine richtigen

Eltern hat.« Ein einsames Geburtstagskind auf Rollschuhen – Hans brach es das Herz.

Bienchen rollte an ihm vorüber. Die Augen starr auf die Straße gerichtet, das Lächeln war aus ihrem Gesicht verschwunden. Auf sein Rufen reagierte sie nicht, fuhr stur die Straße hinunter. An der kleinen Kreuzung blieb der Kopf unbewegt, schaute nicht nach, ob ein Auto kommen würde. Mit einem Mal war Hans bange, er spürte, dass etwas nicht stimmte. Er holte sein Fahrrad und radelte ihr hinterher. Mit gleichmäßigen Schwüngen fuhr sie die schmale Straße entlang und ließ sich nicht aus der Ruhe bringen, wenn ein Auto sich näherte. Sie fuhr ihren Törn, wie von unsichtbaren Fäden gezogen, und reagierte nicht auf Hans, als er sie einholte. Erst als er sie an der Schulter fasste und zum Anhalten zwang, kam ihr Blick aus einem tiefen See zurück an die Oberfläche. Sie schüttelte leicht den Kopf, sah sich um und schien nicht zu wissen, wo sie war. Auf Hans' Fragen, was los gewesen sei, wohin sie gewollt habe, konnte sie nur »Ich weiß es nicht« antworten, schien deswegen aber nicht besorgt zu sein. Sie schüttelte erneut den Kopf, bis der Pferdeschwanz ihre Wangen kitzelte, umarmte Hans, stieß sich von ihm ab, rollte rückwärts. »Komm, wir fahren nach Hause.« Die Sonne hinter ihnen stand tief und ihre Schatten waren dürr und schlaksig. Sie alberten mit ihren Doubles herum und vergaßen dabei die Episode.

Seitdem stand Bienchen von Zeit zu Zeit auf und ging weg. Sie ging, egal was sie im Moment zuvor gemacht hatte, egal an welchem Ort und zu welcher Uhrzeit. Sie ging, wohin die Füße sie trugen. Mal war sie für ein paar Minuten, mal für viele Stunden weg und konnte sich nie daran erinnern, losgegangen zu sein.

Anni kniff die Augen zusammen und schüttelte wild den Kopf, wollte Bienchen dahin zurückbringen, woher sie gekommen war, wollte sie nicht mehr unter ihrem Dach haben. Das Mädchen war ihr zu kompliziert. Hans widersetzte sich, konnte den Fehler kein zweites Mal zulassen. »Dann sperr sie ein«, war Annis letzter Satz dazu. Damit strich sie Bienchen aus ihrem Zuständigkeitsbereich. Hans hingegen tingelte von einem Arzt zum nächsten, setzte das Puzzle der Diagnosen und Verdachtsmomente zusammen: Bienchens natürliche Kontrolle über ihre Impulse war lädiert, dranghaftes Weglaufen war Folge ihrer psychischen Erkrankung. Völlig spontan und ohne Ziel musste sie losgehen. Aber warum? Sie konnte nicht anders, die Krankheit bestimmte es. Es gab keinen Grund dafür und keinerlei Erinnerungen während des Umherwanderns. Die Mediziner erzählten etwas von einer dissoziativen Fugue, benutzten den Begriff Poriomanie, und beinahe hatte er etwas Tröstliches, wusste Hans doch, dass er dem altgriechischen Wort für Reisen entlehnt war. Er klammerte sich an diesen harmlosen Ausdruck, auch wenn ihm bewusst war, wie gefährlich das Herumirren für Bienchen war. Dass sie bitterlich fror, wenn sie ohne Schuhe oder Jacke aufgebrochen war. Dass ihrer beider Angst größer wurde, je häufiger sie reiste und nicht nach Hause fand. Für sie beide wurden ihre Filmrisse immer bedrückender.

Die Reisen bestimmten Bienchens Leben, die Ungewissheit, wann ihr Drang sie zum Gehen zwang, machte sie ängstlich und scheu wie ein Kind, das an böse Gespenster glaubt.

Hans hielt stets ein Auge auf sie und ging prompt auf die Suche, streifte durch Siedlungen und Wälder, sobald er bemerkte, dass sie losgegangen war. Immer hatte er eine Decke dabei, die er ihr über die Schultern legte, während ihr Geist in die Realität zurückkehrte. Als sein Alter zur Last und die Hüfte zum Schmerztiegel wurde, musste er oft die Polizei bemühen, sein Greisentempo war für Bienchen keine Hilfe.

Da gab es die Leute im Dorf, die Hans und seiner Familie gegenüber nett taten, stets mit einem Kopfnicken grüßten und lächelten. Früher hatte Hans nicht an ihrer Ehrlichkeit gezweifelt, bis er bei Rosalie ein Gespräch am Nachbartisch mitbekommen hatte: Die alte Nowak sei kaufsüchtig und dumm wie ein Stück Brot, der Sohnemann ein Krüppel, die Tochter, weiß der Henker, woher die überhaupt komme. Durchgeknallt sei die, laufe ständig weg, und der Vater irrt ihr hinterher, das müsse man sich mal vorstellen … Und bevor Hans sich vorstellte, wie sich die Hand des Lästerers wie ein Scheibenwischer vor dessen Gesicht bewegte, war er mit den Worten »Ich kann euch hören, sagt es mir doch gleich ins Gesicht« aufgestanden. Otto, Hugo und Carl waren überrascht gewesen, sie konnten sich Hans nicht inmitten einer Schlägerei vorstellen. Nicht ihren Hans, den Sanftmütigsten von ihnen.

»Schon gut, war nicht so gemeint«, sagte der schlaksige der beiden Männer und kippte seinen Kurzen.

»Anscheinend doch, sonst hättest du es nicht gesagt.«

»Lass gut sein, alter Mann.«

»Man kann nur sagen, was man denkt, und deswegen hast du es genau so gemeint.«

»Du willst keinen Ärger, wir wollen keinen Ärger«, schaltete sich der Dicke ein, der, entgegen seinen Worten, angriffslustig an die Stuhlkante vorgerutscht war.

Der Schlaksige hielt ihn am Arm zurück, während er Hans ansah: »Alle denken, dass du eine Krüppelfamilie hast. Nicht ganz sauber sein kannst, weil du nicht längst das Weite gesucht hast. So sieht es nun mal aus.« Sie hievten sich von den Stühlen hoch, bauten sich vor Hans auf: »Was jetzt, alter Mann? Willst du uns deshalb verprügeln?« Sie lachten dreckig, zahlten und verließen die Kneipe. Das war vor zehn Jahren gewesen, und Hans weiß noch genau, wie sie sich über die beiden Stänkerer empört hatten und seine Freunde ihm gut zureden mussten.

Trotz aller Liebe und Beständigkeit, die Hans ihr in all den Jahrzehnten bot, konnte Bienchen sich nicht mit ihrer Krankheit arrangieren. Sie war froh gewesen, als die Schule geschafft war und die Hänseleien weniger wurden. Sie fing eine Lehre zur Floristin an, probierte sich als Konditorin, brach beides ab, jobbte hier und da, doch fand nirgends genug Selbstvertrauen und Zuversicht. Sie konnte auch nicht die schönen Zeiten des Erwachsenwerdens genießen: Cliquentreffen, Feten oder die Gefühlsachterbahnfahrten mit der ersten großen Liebe. Sie lehnte Martins Einladungen, ihn besuchen zu kommen, stets ab, obwohl sie von seinen Postkarten, die er ihr und Hans regelmäßig schrieb, wusste, an welchen schönen Orten er spielte. »Danke, später vielleicht einmal«, war ihre Standardantwort, die sie ihm bei einem kurzen Anruf mitteilte. Nach diesem Satz zog sie die Brandmauer um ihre Gefühle wieder hoch und würgte so jede Möglichkeit ab, dass Martin an ihrem Leben hätte teilhaben können. Auch wenn sie ahnte, dass sie viel von ihm hätte lernen können, hatte er doch den Dreh raus, wie man sich unverwundbar machte. Er versicherte ihr oft, dass er keinen Groll gegen sie hegte, weil Anni sie an seine Stelle platziert hatte. »Ich habe meine Musik, die mir mehr Mutter ist, als es Anni je für mich sein konnte«, hatte er ihr bei einem ihrer Telefonate gesagt, und Bienchen erinnerte sich an die Milde in seiner Stimme. »Vielmehr wünsche ich mir, dass du dich auf deine eigene Art und Weise gegen sie wappnen kannst, um nicht mehr so verletzbar zu sein.«

Stattdessen verfiel Bienchen mehr und mehr in ihre Depressionen und verfing sich in ihrer Einsamkeit. Anni hatte stets nur hässliche Kommentare für die junge Frau übrig, raunte sie an, sie mache das nur, um Aufmerksamkeit zu bekommen, wolle stets im Mittelpunkt stehen, und dergleichen mehr. Wie ein Hund, der Zuflucht vor Tritten sucht, schloss Bienchen sich in ihr Zimmer ein, verkroch sich tagelang im Bett. Es war zum Davonlaufen – welch ein Wortwitz. Niemand wusste ihr zu helfen, und Anni, wie sie stur vor der Glotze saß und Jane Fonda anhimmelte, ließ die Situation erbarmungslos werden. So flossen die Jahrzehnte dahin.

Herbstlaub ist eine Herausforderung, jedes Mal aufs Neue. Hans stellt sich ihr, hält Ockergelb, Blutorange und Rostbraun nebeneinander, bis zwei Puzzleteile ineinandergreifen, Blatt für Blatt, Baum für Baum.

»Wie fandest du unser Leben?«

Anni dreht ihren Kopf gerade so weit, dass sie ihre Augen nicht vom Fernseher abwenden muss: »Wie meinst du das?«

»Wie ich es gesagt habe: Wie fandest du unser Leben?«

»Wie jedes andere auch.«

Sie gleitet zum TV zurück, eine schwarze Haartolle knabbert am Hals einer blonden Mähne, haucht Belangloses. Annis Schweigen füllt den Raum.

»Wie konnten wir es nur so weit kommen lassen?«

»Scht.« Sie schüttelt den Kopf.

»Du versitzt dein ganzes Leben und hast das wunderbare von Martin und Bienchen verpasst. So sieht es aus.«

»Jetzt lass mich endlich!«

»Mache ich, glaub mir«, sagt Hans und merkt, dass Anni wieder ganz bei dem schmachtenden Liebespaar ist. Er sieht, wie sie ihren alten Kopf nach links neigt, so sehr mitfiebert, dass ihre welken Lippen beben, die sonst meist nur ein schmaler Strich sind. In früheren Zeiten waren sie fröhlich und anziehend gewesen. Wenn sie doch nur das Leben angenommen hätte, denkt er und verbindet Puzzleteile, die Baumstämme ergeben, geerdet, verortet. Die Wurzeln zu Anni sind gekappt, die letzten Verästelungen sind abgerissen. Die Zeit für ihn ist gekommen, das weiß er nun. Neuschwanstein – sein letztes Idyll wird zerstückelt liegen bleiben, wie das Leben mit Anni.

Vor einem halben Jahr war Bienchen zu einer Reise ohne Wiederkehr aufgebrochen. Ganz bewusst, mit Schuhen an den Füßen und klarem Verstand. Hans fand am Morgen ein

Blatt Papier auf dem Nachtschränkchen, grüner Kuli mit ungelenker Handschrift. Sie stand wirklich an meinem Bett, es war nicht nur im Traum, dachte er im Halbschlaf. Dann zog sich sein Magen zusammen, seine Augenlider flackerten, ihm wurde klar, welche Art von Brief das war. Er setzte sich mit einem Ruck auf, schwang die Beine aus dem Bett, tastete nach seiner Brille, hielt den Atem an und las mit gepressten Lippen:

Mein liebster Paps, ich will nicht mehr reisen. Ich möchte einen Ort finden, an dem ich bleiben kann, ohne schwarze Löcher im Gedächtnis, ohne frieren zu müssen. Nur scheint dieser Platz für mich nicht auf dieser Welt zu sein. Ich danke Dir für jede Minute, die Du mir eine Stütze warst, für jede Sekunde, die ich mich auf Dich verlassen konnte, egal wohin die Reise ging. In meinen Träumen hast Du für einen Tag mein Reisefieber. Dann stehst Du spontan auf und gehst weg. Es empfiehlt sich übrigens, Schuhe zu tragen. Du lässt Anni allein auf ihrer einsamen Insel der falschen Realität zurück, in der sie jeden Tag von Jane Fonda mit Aerobic gequält wird. Und wenn Du aus der Trance erwachst, stehst Du vor Martins Haus, und Du holst das Leben nach, das mit Anni nicht möglich war. Ich hoffe, mein Traum wird wahr, und Du gehst auf diese Reise. Ankommen tut man immer irgendwie. Vertrau mir. Ich danke Dir von Herzen, und weine nicht um mich, dafür hast Du, weiß Gott, keine Zeit mehr.
Dein Bienchen

Tränen, Schluchzen, Lachen, Schnodder, der aus der Nase läuft, Herzrasen – alles gleichzeitig. Wieder und wieder hatte er gelesen, was fortan Realität sein sollte, und nach Luft gerungen, um nicht in der Trauer ertrinken zu müssen.

»Du hast sie in den Tod getrieben. Weil sie dir zu kompliziert war.« Hans drückte seinen Stock mit der einen Hand gegen seine Hüfte, um mehr Halt zu haben. Mit der anderen wedelte er mit dem Brief vor Annis Nase herum. Ihre Augen lösten sich langsam von der Mattscheibe, als wäre das Papier ein Einkaufszettel: Milch, Butter, Windeln – noch etwas?

»Was ist das?« Ihre Pupillen folgten dem Zettel.

»Bienchens Abschiedsbrief, sie ist gegangen.«

»Die kommt wieder.«

»Nein! Wird sie nicht. Sie hat sich umgebracht.«

»Ach, sie macht sich nur wieder wichtig, ist irgendwo unterwegs.«

Er schüttelte sie: »Verstehst du, was ich sage? Unser Bienchen ist tot!«

»Dein Bienchen, nicht meins.« Sie schloss ihre Augen.

Hans ließ von ihr ab, wischte sich mit zittriger Hand die Tränen aus dem Gesicht, bückte sich unter Schmerzen nach seinem Gehstock, der ihm weggekippt war. Das Fußmassage-Ufo surrte leise vor sich hin.

Ob Anni auch auf Reisen geht?, hatte er schon manches Mal gedacht. Nicht physisch wie Bienchen, sondern in Gedanken, dass auch sie ohne Orientierung ist, sich in ihrem Gedankenkarussell verirrt hat und nicht anders kann, kein Zurück mehr aus der Nicht-Realität findet?

Nein, es war und ist ihre Unfähigkeit, das Leben anzunehmen, wie es ist, dessen war er sich nun sicher und würde an dieser Wahrheit nicht mehr rütteln. Es lohnte nicht.

Hans ging hinter den beiden Polizisten her, die versuchten, sich seiner Langsamkeit anzupassen, ohne ungeduldig zu wirken. Sie blickten zu Boden, als fände sich dort der Sinn des Lebens, und wussten nichts zu sagen, einer drückte das Klingeln seines Handys weg – das Lachen des Jokers verstummte. Nach Hans' Anruf bei der Polizei hatte es einige Stunden gedauert, bis Bienchen gefunden worden war. Sie lag am Ufer des kleinen Sees, der von alten Bäumen gesäumt war. Sie hatte sich in die grüne Decke gehüllt, wie ein Kind, das sich einen schönen Traum wünscht. Es war jene Decke, die Hans stets bei sich hatte, wenn er sie auf ihren Reisen einsammelte. Weiche Wolle, grünes Karomuster, »selbst isländisches Eis-und-Sturm-Wetter kann nicht durch die Fasern dringen«, hatte er einst dem ängstlichen Mädchen gesagt, die Decke etwas weiter über ihre Schultern gelegt und ihr Sagen von Trollen und Feen erzählt.

Kaulquappen, die durch die Finger gleiten, eine Mischung aus Ehrfurcht und Igitt in ihrem Gesicht, erste Schwimmzüge im kühlen Wasser, ihre Freude, ihn bei sich zu haben, das kleine Schiffchen vom Anker lassen, das einst Martin gehört hatte, und mit dicken Backen die Segel blähen, ihr Lachen, ihr Glücklichsein im Sonnenschein – nie gab es einen schöneren Tag für sie beide als jenen im Frühsommer vor ewigen Zeiten. Diesen Platz hatte sie sich ausgesucht, um in eine andere Welt zu reisen, und Hans suchte Halt im Meer der erdrückenden Gefühle. Doch es gab nur seinen alten Stock, der sich mit dem Gummipuffer in die Erde grub.

Anni war nicht mitgekommen, hatte ihn diesen Gang alleine machen lassen.

Am Abend waren Carl und Hugo zu ihm gekommen, ließen von Otto herzlich grüßen, dem an jenem Tag das Alter quer im Magen gelegen hatte. Sie saßen am Küchentisch, Hans kratzte mit dem Daumennagel einen Soßenfleck weg: »Schön, dass ihr gekommen seid.« Aus dem Nebenzimmer drangen die quäkigen Geräusche irgendwelcher Sendungen, durch die sich Anni zappte. Der Obstbrand kreiste ab und an zwischen den drei Männern. Ein stummes Zunicken mit ernster Miene, und sie nippten an den Kurzen und sprachen nicht viel. Ein »Bei den Liebsten ist die Trauer bodenloser«, ein »Wir sind für dich da«, ein »Was für ein Elend« genügten, um Hans zu trösten. Warum aussprechen, was nicht in Worte zu fassen ist? Das Leben eben. Sie schauten auf ihre alten Hände, die mit den kleinen Humpen spielten, und ihr Schweigen erzählte eine Geschichte von Freundschaft, Vertrauen und Halt, offen und ehrlich. So saßen sie lange Zeit zusammen, und Hans hatte nicht daran denken wollen, wieder mit Anni allein sein zu müssen. Schließlich verabschiedeten sich die beiden mit ungelenker Umarmung und verschwanden in die Nacht. Wie gerne wäre er mit ihnen gegangen. Aber die Wirklichkeit ist, wie sie ist.

Hans liegt auf Bienchens Bett, schaut zur Decke, in der er die Löcher meint wahrzunehmen, die sie über all die Jahre hineingestarrt hatte. Kleine Mulden, in denen sich ihre Gedanken verfangen haben, so stellt er sich das vor. Etwas, woran er sich klammern kann. Er trägt den schwarzen Anzug, der an den Schultern hängt, zu viel Spiel an Brust und Bauch hat und offenbart, wie sich alte Leute verflüchtigen, langsam und unaufhaltsam. Er riecht an seinen Händen, erschnuppert den Geruch der Erde, die er auf Bienchen geworfen hat. Ein Ritual, das er immer abstoßend, gar barbarisch fand. Aber die Prozedur des Unter-die-Erde-Bringens wäre ohne seinen Handwurf nicht weitergegangen, die Maschinerie des Bestattungswesens wäre ins Stocken geraten. Viele Leute waren sie nicht, zwei, drei Quasi-Cousinen aus Anstand, weil deren bettlägerige Eltern es ihnen aufgetragen hatten, drei, vier aus Bienchens Jahrgang, einige seiner Sängerfreunde, die zwei Lieder gesungen hatten. Gerne hätte er lauthals mitgesungen, wusste aber, dass sich das nicht gehörte. Die Trauernden waren zum Schweigen verdonnert. Ein paar Neugierige, die zu jeder Beerdigung kamen und hungrig nach Verwerfungen am offenen Grab schmachteten, und sei es der Hut, der vom Wind in die Grube geweht wird und als schlechtes Omen gewertet werden konnte. Der Pfarrer, dessen Brille von der Nasenspitze zu rutschen drohte, während er Worthülse an Worthülse reihte, damit die Zeremonie nicht im Handumdrehen vorüber war. Alles einerlei. Was zählte, war Martin, der aus Salzburg angereist war und an seiner Seite stand. Hans hatte den Arm um seine Hüfte gelegt, weil er glaubte, sein Stock würde unter der Last zerbrechen und ihn vornüberkippen lassen. Gerne hätte er seinen Rücken gerade gemacht, damit er nicht unentwegt in das dunkle Loch vor ihm starren musste. Das Alter ist eine lang währende Verneigung vor dem eigenen Grab, war ihm in den Sinn gekommen, während die anmutigen Töne seiner Freunde von einem Lindenbaum erzählten:

»Ich muss auch heute wandern vorbei in tiefer Nacht, da hab ich noch im Dunkeln die Augen zugemacht«,

sang er leise mit, und ihm war, als spräche er mit Bienchen. Am Ende gingen alle mit gesenkten Köpfen auseinander. Martin und Hans setzten sich auf die Bank unter der Trauerweide. Nach Hause konnten sie nicht, denn Martin wollte Anni nicht sehen, auch jetzt nicht. Lange saßen sie dort dicht beieinander, sprachen über Bienchen, schwiegen, summten leise *»Ein Brunnen vor dem Tore«*. Bienchens Traum ließ Hans unerwähnt.

Anni war nicht mitgekommen, hatte so lange den Kopf geschüttelt, dass sie sich übergeben musste und ohnmächtig wurde. Der Arzt attestierte ihr einen Schwächeanfall, verordnete absolute Bettruhe, und als Hans sah, wie erleichtert sie war, nicht zu Bienchens Beerdigung gehen zu müssen, überkam ihn eine neue Art von Traurigkeit. Trauer über das Ende einer Beziehung zweier Menschen, die sich seit vielen Jahren wie Fremde gegenüberstanden. Anni, die sich nach der Geburt von Martin und Bienchens Reisen in ihrem Überfordertsein in eine ganz eigene Welt zurückgezogen und keinen Rückweg aus ihr gefunden hatte, und er, der diese Flucht zugelassen hatte. Eine Flucht, die Anni von der Lebensfreude und dem Glück abgekapselt hatte, die Martin und Bienchen mit sich gebracht hatten. Zwischen ihnen war ein luftleerer Raum entstanden, und alle Worte der Zuneigung, die sie einst ausgesprochen hatten, waren zu Staub zerbröselt.

Hans' Daumen und Zeigefinger klemmen sich leicht am Bettlaken fest, als ob sie kleine Anker wären, damit er nicht verloren geht. Sein Leben ist wie ein stiller See, denkt Hans, die Wasseroberfläche glasglatt, nichts rührt sich, und Anni ist in diesem Bild der trübe Dunst. Dunst bleibt in der Luft hängen, solange kein Wind aufkommt. Je dichter der Nebel mit den Jahren wurde, desto schlechter bekam er Luft, desto willenloser erschien er den anderen. Sein Leben ein Nebelbild, mehr nicht. Hans sinkt tiefer in das Kissen, merkt, wie seine Glieder bleischwer werden. Bienchen. Bienchen war wie ein Kristall, tiefgründig, geheimnisvoll. Doch der Kristall wurde wieder und wieder ins eiskalte Wasser geworfen, seine konzentrischen Kreise brachten alles in Schwingung, der Nebel hingegen blieb. Diese Unruhe hatte Bienchen nicht länger ertragen, und im Grunde war Hans erstaunt, wie lange sie ihr standgehalten hatte. Auch wenn es ihn unendlich schmerzte, verstand er, warum sie gegangen war.

Hans' Augenlider gehorchen ihm nicht mehr, bleiben geschlossen. Eine Fliege läuft über seine Lippen, klettert über vergessene Bartstoppeln, krabbelt zu den Nasenlöchern, kitzelt ihn. Seine Hand bewegt sich wie losgelöst, klatscht schwerfällig auf die Nase. Er wird wieder wacher, ist froh darum. Er will nicht einschlafen, darf nicht einschlafen. Die Fliege läuft über die Wange, überwindet amundsengleich Falten und Furchen, geht zum linken Auge, verweilt unterm Lid, da, wo die Haut auch im Alter zart ist, putzt sich die Vorderbeine. Wieder kitzelt sie ihn. Hans schlägt nach ihr. Er rappelt sich auf, Zentimeter für Zentimeter, zieht seine Beine über die Bettkante, stützt seinen Kopf in die Hände, sieht, wie die

Fliege über den Teppich läuft. Bienchens Traum, denkt er und erhebt sich vom Bett, zieht das Fenster auf, atmet gierig ein. Er hat sich umentschieden, will Bienchen nicht nachreisen, will die entgegengesetzte Richtung nehmen und Martin von ihrem Traum erzählen. Hans schlurft in die Küche, trinkt so viel Wasser, wie er kann. Das Giftige soll weichen. Er wischt sich mit dem Ärmel über das nasse Kinn und ist mit sich im Reinen. Er kennt nun den Weg.

Die Vorbereitungen für seine Reise ohne Rückfahrkarte hat Hans längst erledigt. Aber er wollte sich nicht entgehen lassen, was neben Martin und Bienchen über Jahrzehnte die einzige Stütze in seinem Leben gewesen war. Mit den letzten Tönen aus alten Kehlen wird er frei sein. Dass er seine Freunde vermissen wird, war ihm von Anfang an klar gewesen. Doch im Leben gibt es selten etwas umsonst, dessen ist sich Hans nach über achtzig Lehrjahren sicher. Er hat nur leichtes Gepäck, braucht die zweite Hand für seinen Stock. Im Alter will an alles gedacht sein. Er geht in die Küche, hört die Stimmen, die Ohs und Ahs der überdrehten Moderatoren, weiß, dass Anni geistig bei den Marktschreiern im Studio sitzt, ihn nicht wahrnimmt, nicht gestört werden will. Er legt die Prospekte des Seniorenstifts Carpe Diem auf den Küchentisch, fächert sie auf wie an einer Hotelrezeption. Das unterste Blatt ist der Anmeldebogen, ein Kreuz markiert, wo Anni für ihr neues Zuhause unterschreiben muss, wenn sie nicht in ihrem gottverdammten Sessel, die Füße im Ufo steckend, zugrunde gehen will. Ihre Entscheidung. Daneben legt er die Datenblätter des Aktienfonds, aus dem die

Rechnungen automatisch beglichen werden würden. Sein letztes Zugeständnis nach beinahe sechzig Ehejahren. Er ruft halblaut ein »Bin kurz weg« und beginnt seine Reise, denn zum Ankommen ist es nie zu spät. Der Oktobertag ist herrlich mild und sonnig.

Otto & Robert

Nun mach hin, ich bin müde.« Otto bewegt seinen Oberkörper vor und zurück, als ob Robert dadurch den Wagen schneller in der Einfahrt geparkt bekommen würde.

»Ja, Vaddern«, und Robert kennt die Abfolge des Zubettbringens in- und auswendig, ist sich des Gezeters des alten Mannes sicher, wenn die Pyjamahose nicht über den Hintern rutscht, wenn der Waschlappen die Bierkruste in den Mundwinkeln wegwischt, wenn der Gebissreiniger zu sehr sprudelt, die Zigarette ihm entwendet wird, bevor die Glut den Filter erreicht, wenn das Kissen sich dem Sturkopf nicht anpasst. Bis Otto endlich an der Kordel am Bett zieht und die Deckenlampe erlischt – Licht aus, Gegenwart weg, eine Erlösung auf Zeit, für beide.

Seinen Vater ins Bett gebracht zu haben, fühlt sich für Robert jedes Mal an, als hätte er Feierabend. Er hängt dem, was am Tag geschehen ist, noch etwas nach, dann hakt er es ab, so als hätten sich die Gedanken um Ottos Pflege an einer Stechuhr ausgestempelt. Sich zu wünschen, am nächsten Tag würde irgendetwas anders sein als am vergangenen, hatte er vor Jahren aufgegeben. Er zappt sich noch etwas durch das Fernsehprogramm und geht dann ins Bett. Die Biere des Abends lassen ihn schnell in den Schlaf gleiten.

Ein großer Parkplatz. Der Asphalt wirft die Hitze der Sonne zurück, hat genug von ihr. Sein Hemd klebt ihm am Rücken. Der Schweiß auf der Stirn fühlt sich glitschig an. Da ist kein Windhauch, der ihn trocknen könnte. Mit dem Hemdsärmel wischt er die Perlen ab, spürt, wie neue entstehen. Die junge Frau vor ihm schwitzt ebenfalls, er riecht die sauren Nuancen durch das fruchtige Aroma ihres Shampoos. Sie fährt mit der Zunge über ihre Oberlippe und raunt ihm zu, er solle gefälligst zu Potte kommen. Drängelnd hält sie ihm die Hände hin. Er nickt eifrig wie ein Kind, das alles richtig machen will. Edelstahl schabt über Edelstahl, ein kleiner Schlüssel findet die Öffnung, der Bart will beinahe in den Zylinder gleiten. Doch die schweißnassen Finger verlieren den Halt. Mit einem Klirren fällt der Schlüssel auf die Kante des Gullys und verschwindet in seinen Tiefen. Sein Körper erstarrt, der Schweiß auf seiner Stirn ist schockgefrostet. Er hebt den Kopf, der erstaunte Blick der Frau schießt durch seine Iris, brandmarkt die Neuronen. Er fühlt ihren Atem am Hals, dann knallt ein Schuss von irgendwoher durch den Äther, der sich tausendfach zu wiederholen scheint – peng, peng, peng.

Mit einem Ruck erwacht Robert, rappelt sich auf und grapscht nach dem Schalter der Nachttischlampe. Die Helligkeit hilft nicht. Die Szene flimmert vor seinem inneren Auge weiter. Ihm bleibt nichts anderes übrig, als die Sequenz ablaufen zu lassen, dazu ist er verdammt. Sie endet mit einem kleinen Mädchen, das an den Schultern ihres toten Bruders rüttelt. So viele Male hat er diesen Traum durchlebt, fühlt sich ihm ausgeliefert, spürt, wie die Bilder ihn betäuben. In all den

Jahren hat er keine Stopptaste finden können und denkt wie so oft: Ich habe es nicht anders verdient.

Der Wecker zeigt kurz nach vier, und Robert weiß aus Erfahrung, dass er keinen Schlaf mehr finden wird. Er steigt aus dem Bett, öffnet das Fenster. Der Wind am Abend hat die Wolken weggeschoben wie Bühnentechniker das vorherige Setting. Der Mond scheint hell und zeichnet die Bäume im Garten scharf. Die Luft ist klar, leichter Frost hat den Rasen versilbert. Ein gutes Licht, das könnte heute klappen, denkt Robert und zieht sich schnell an, schaut kurz bei Otto rein, dessen Schnarchen einen tiefen Schlaf verrät. Bis zum Frühstück wäre er zurück, mit frischen Brötchen, so ist sein Plan.

Robert schaltet die kleine Stirnlampe an, die er mit klammen Fingern über seine Wollmütze gefriemelt hat, und wählt die schwächste Stufe. Er braucht wenig Licht, kennt die Handgriffe auswendig, weiß, was zu tun ist. Er steckt die Stangen zusammen, wirft eine Nylonplane über das Konstrukt. Abgesehen von der tristen Camouflage-Optik ähnelt seine Stoffhütte einem Berberzelt. Er hat sich oft ausgemalt, wie die Nächte in der Wüste seien, wie sich das Licht wie eine mandarinenrote Kaschmirdecke am Morgen über die Dünen legt. Er wusste aus Dokumentationen, dass andere Klimazonen andere Farben hervorzaubern und die Welt anders zum Leuchten bringen. Und die Klänge erst ... Welch Farben, welch Panoramen er kennenlernen könnte, wenn ... ja, wenn ...

Mein Gott, was hab ich alles verpasst, denkt Robert, während er eine tote Maus an einem ausgesuchten Ast nah am

Boden platziert und ins Zelt kriecht, die Kamera ausrichtet, sich eine Decke über die Schultern legt, die Kapsel im Gelkissen knickt und die wie von Zauberhand entstehende Wärme mit seinen Händen umschließt.

Gedanklich fliegt er über die Wüsten Arabiens wie eine behäbige Drohne, die alle Naturschönheiten scannt. Die Reise endet jäh, als sich das Klirren des Schlüssels in seine Gedanken schleicht und tausendmal in seinem Kopf echoliert. Wieder sieht er den erstaunten Blick der Frau, merkt, wie sich trotz der Nachtkälte Schweiß unter den Achseln sammelt. Er will den Gedankengang stoppen, wenn er nur wüsste, wie. In einem Boulevardmagazin beim Friseur hatte er gelesen, dass es hilfreich sein könne, sich mit einem Sprung um die eigene Achse zu drehen, sobald das Geisterkino beginne. Ideen hatten diese Psychologen, pff. Wie das aussähe, würde ich dauernd in die Luft springen, hatte Robert gedacht und es als Tinnef abgetan. Für Tinnef hielt er auch die Arbeit der Seelendoktoren im Allgemeinen. In seiner Vorstellung saßen sie in tiefen Sesseln aus edlem Leder – Block und Füller auf der breiten Armlehne – und setzten ihre Klienten in noch tiefere Sessel, sodass deren Knie am Kinn klebten und die Ellbogen sich in die Rippen drückten. Die Ahas, Sosos und Ach-Jas aus akademischen Kehlen würden sich ebenso wie der aufdringliche Geruch der teuren Duftwasser um den Hals legen wie ein Pelzcollier. Die zarten, makellosen Hände dieser Analytiker, die niemals in der Erde wühlen würden, dafür sprichwörtlich im Gehirn, machten Notizen zu den Fragen, die bis in die letzte Windung vordrangen und Kindheitserinnerungen hervorkratzten. Sie erklärten die Angst vor Nähe und Verlust, das Stottern, sobald der Onkel zu Besuch war, oder das Gehänseltwerden auf dem Schulplatz als Ursache für alles, was gefolgt war und sich Lebensweg nannte. Nicht mit ihm, hatte Robert nach dem Vorfall mit der Frau gesagt, und überhaupt, was sollten die Leute von ihm denken, wenn sie wüssten, er ginge zu einem Seelenklempner? So blieb er allein mit dem Klirren in seinem Kopf und dem Schuldgefühl, das wie ein Vakuumierer sein Leben luftleer saugte.

Eine Bewegung in der Dunkelheit hält sein Gedankenkarussell an. Er verharrt still auf seinem Platz im Zelt, versucht durch den Sehschlitz etwas zu erkennen. Ein Rascheln in der Tanne, ein Zweig bewegt sich. Eine Kreatur löst sich aus dem Nadeldreieck. Der Tränenfilm seiner Augen ist trocken gelaufen, doch Robert wagt nicht zu blinzeln. Er sieht Flügel schlagen, ein Vogel zeichnet sich im Mondschein ab. Das gescheckte Gefieder sieht aus wie ein Wirbel kleiner Schneeflocken. Roberts Finger drückt den Auslöser – hauchleise hört er das hundertfache Klicken der Kamera. Der Vogel fliegt an und setzt sich an die Stelle, die Robert tags zuvor stundenlang ausgetüftelt hatte. In präziser Berechnung des möglichen Mondlichteinfallswinkels zur Position der Kamera hatte er eine Futterstelle am kleinen Bach bestimmt. Die Krallen des Vogels halten die Maus umklammert, der schmale Schnabel zerrt das Fell ab. Von einigen Grashalmen rieselt der Reif. Der Kauz hält kurz inne und guckt wie mit Knopfaugen aus braunen Edelsteinen direkt in das Objektiv, hinter ihm glänzt der Bach im Mondlicht. Klick, klick, klick, schöner, als Robert zu hoffen gewagt hatte.

»Herr Reepmaa? Sind wir wach? Zeit für Bad.« Elena, die Endvierzigerin aus Kasachstan, würde allenfalls am Sterbebett seinen Namen nicht lang ziehen wie Kaugummi zwischen den Zähnen. Doch das war Otto einerlei, denn er wusste, dass der Stomabeutel prall gefüllt war und es leicht eine Sauerei geben könnte. Sie kam morgens und abends für die Dinge, die ein Vater nicht vom Sohn verlangen und ein Sohn nicht für seinen Vater machen sollte. Das ging zu nah, das war zu intim. Wie würde man sich noch in die Augen schauen können, wenn der Sohn die schrumpeligen Hoden mit Seifenwasser und Lappen wäscht? Nicht mit ihm, hatte Otto nach der Amputation klargestellt und bei einer Agentur für Pflegekräfte aus Osteuropa angerufen. Unzählige Frauen waren im Haus ein und aus gegangen, hatten Bilder ihrer Kinder gezeigt, die sie in ihrer Heimat bei den Großeltern zurücklassen mussten, und Geschichten von Armut und Tristesse erzählt. Tränen, groß wie Linsen, waren auf den Esstisch gefallen. Jaja, das sei schwer, könne er sich denken, hatte Otto erwidert und mit den Schultern gezuckt. Dass ihm deutsche Kräfte schlichtweg zu teuer waren, verschwieg er aus Höflichkeit. Nach wenigen Monaten mussten die Frauen wieder zurück wegen irgendwelcher EU-Gesetze, die Otto nicht verstand, und es kam die nächste mit ebensolchen Fotos und verwischter Wimperntusche. Nicht so Elena. Ihre Kinder waren erwachsen, hatten Stipendien für internationale Studiengänge ergattern können, für Berufe, die Otto nicht mal kannte. Sie hatte sich mit ihrer patenten Art, ihrer Zuverlässigkeit und ihrem Können eine Stammkundschaft aus alten Leuten im Dorf aufgebaut und sich nach ihrer Einbürgerung selbstständig gemacht. *Elenas*

Oldieservice prangte seitdem an ihrem Fiat Panda, die Farben so grell, dass er sich ebenso eine Leuchtreklame auf den Bürgersteig stellen könnte, mit einem blinkenden Pfeil und der Aufschrift: »Achtung, hier lebt ein Pflegefall! Bitte sprechen Sie außergewöhnlich langsam!«

So hatte sich Otto Robert gegenüber echauffiert, als Elena das erste Mal in seiner Einfahrt geparkt hatte. Der Qualm seiner Zigarette hatte sich die Gardine hochgehangelt wie ein Akrobat am Hochseil.

»Und wen meint sie mit Oldie? Eine Unverschämtheit, bodenlos und skandalös.«

»Vaddern, jetzt wart erst mal ab«, hatte sein Sohn geantwortet. Otto war klar geworden, dass niemand außer den Greisen selbst wirklich verstand, wie demütigend das Altern bisweilen ist, und hatte die Kippe im vollen Aschenbecher ausgedrückt.

Mittlerweile kam Elena seit sechs Jahren täglich zweimal und arbeitete den Wochenplan ab. Listete Tätigkeiten wie kleine oder große Körperpflege, An- und Auskleiden, Hilfe bei Ausscheidungen, Mobilisation oder, wenn das falsche Wetter Otto quälte, das Anziehen des einen Kompressionsstrumpfes als Positionen in ihrer Rechnung auf, als wäre er eine defekte Waschmaschine. Gleichwohl hatte sie mit ihrer burschikosen Art still und heimlich sein Herz erobert, was niemand merken sollte, wusch sie ihm doch den Popo. Hörte er ihr Auto in der Einfahrt, kramte er einen kleinen Kamm aus der Brusttasche seines Hemdes und fuhr damit zuckelnd durch das ehemals nachtschwarze Haar und formte für sein Alter eine erstaunliche Tolle, die in der Sonne glänzte wie ein

Sardinenschwarm. Otto war stolz auf sein Haar und witzelte gegenüber Elena: »Wenn auch mit weniger Bein, dafür mit vollem Haar auf Gottes Erde«, und zwinkerte ihr zu. Mit Gott hielt er es Elena zuliebe lapidar zustimmend, doch seinen Glauben hatte er seit dem Unfall mit seiner Frau gänzlich verloren. Seine Religion war die Missionierung der Politik zu mehr Sicherheit und Ordnung. Seine Predigt waren die Leserbriefe an sämtliche Zeitungen in der Region, Petitionen an die Volksvertretung und, sofern nötig, Dienstaufsichtsbeschwerden an die Verwaltung, weil Sachbearbeiter nicht aus dem Quark kamen.

»Dreckig ist es hier, sie beide brauchen Putzfrau. Ihr Robert kann das nicht richtig.« Elena nimmt ein Geschirrtuch und wischt über die Teller, die sie aus dem Schrank geholt hat.

»Was ist mit mir?« Robert steht im Türrahmen, mit der einen Hand drückt er die Brötchentüte an seine Brust, während er mit der anderen die Mütze vom Kopf zieht. Die aschgrauen Haare sehen aus, als wollten sie in alle Richtungen weglaufen. Seine Wangen leuchten rosarot, die Nasenspitze hält die Kälte der Nacht im Zelt beharrlich in ihren Äderchen.

»Putzen! Es sieht hier aus wie ... wie Männerhaushalt. Meine Cousine lebt neuerdings bei mir, sie kann machen, sie braucht Arbeit.«

»Putzen lassen? Hier? Warum? Ist alles gut, wie es ist«, sagt Otto und schlürft seinen Kaffee in Minischlucken. Ein Rinnsal läuft am Tassenrand runter, tropft in seinen Schoß.

Wie zum Beweis zeigt Elena auf die Tropfen und guckt zu Robert. »Ich bringe Cousine mit. Dann sehen wir.« Damit ist für Elena das Thema beendet, und sie nimmt die Brötchentüte aus Roberts Arm. Ottos in die Tasse gemurmeltes »Papperlapapp, brauchen wir nicht« geht im Papierrascheln und Geschirrklappern unter.

»Wie war die Jagd? Ach, was frag' ich, du kriegst ja doch nie etwas vor die Flinte. Oder traust du dich nicht, abzudrücken?« Otto schiebt den Teller von sich, zieht den Aschenbecher heran. Das Sparkassenrot ist einem Speckrosa gewichen, das gestauchte *S* mit der symbolischen i-Punkt-Münze ist kaum mehr zu erkennen. »Warum schlägst du dir die Nächte um die Ohren, frierst freiwillig, um dann doch nichts zu erlegen?«

»Lass gut sein, Vaddern.«

»Als ich in deinem Alter war und noch gute Augen hatte, da reichte …«

»Ja, Vaddern, du hast sie alle abgeknallt, hast das Jahresranking angeführt, ich weiß, ich weiß.«

Robert steht auf, stellt den Aschenbecher auf Ottos verbliebenes Bein, hängt die Trinkflasche an die Seite des Rollstuhls und schiebt den alten Mann raus aus der Küche, über den einst farbenfrohen Terrazzo im Flur, ins Wohnzimmer ans große Fenster, an dem sich Bischofsmütze, Greisenhaupt, Korallen-, Seeigel- und Hasenohrkaktus militärisch aneinanderreihen, deren Pflege Otto nie jemand anderem anvertrauen würde. Als ehemals eifriger Fensterbrettsammler war er seit Jahrzehnten Mitglied bei der Deutschen Kakteen-Gesellschaft. Mit zunehmendem Alter hatte er die Suche nach außergewöhnlichen Exemplaren eingestellt und genießt dafür den Anblick seiner stacheligen Kumpane, die voller Überraschungen stecken, wenn sie wollen.

»Ist doch wahr, meinst du, ich hätte für nichts im Wald gehockt wie du?« Otto bläst den Qualm gegen das Fensterglas und zeigt auf die Rehgeweihe über der Anrichte. »Der Mann und das Wild, da kann es nur einen Gewinner geben.«

Die Zimmertür knallt, Otto bleibt allein zurück und weiß, dass Robert ihn an manchen Tagen bis zum Mittag vergisst. Draußen geht die Sonne auf und blinzelt zwischen den Bäumen hervor.

Otto nimmt die Sprühflasche, nebelt die Kakteen ein und sieht in seinen Erinnerungen, die wie ein Film lebendig werden, die junge Ruth im Garten stehen, wie sie Astern von den Stängeln schneidet. Es war später Nachmittag, und die Dämmerung, die die erste herbstliche Kälte mit sich brachte, begann sich breitzumachen. Ruths Strickjacke rutschte ihr von der Schulter. Ihre Hände waren zu dreckig, um die Jacke hochzuziehen. Die Rosenschere schnitt die nächste Blume ab, der Strauß in ihrer Armbeuge wurde größer. Die Jacke rutschte tiefer. Otto weiß noch, wie er zu ihr gegangen ist, hinter ihr stand und die Strickjacke an Ort und Stelle rückte, seine Arme um sie schlang, seine Nase in ihr Haar steckte, das nach Honig roch, und sich wünschte, der Moment hielte für eine Ewigkeit. Das war kurz nach ihrer Hochzeit 1950 gewesen.

»Schatz, lass. Ich habe noch viel zu tun.« Ruth hatte die Ellbogen gehoben und sich aus der Umarmung gehebelt, sich zu ihm umgedreht und mit dem Blick zum Haus gezeigt. Otto sah die Jade in ihren Augen, die langen Wimpern, wie schön ihr Gesicht war. Er schüttelt sich im Rollstuhl, als wollte er, dass die Strickjacke der Vergangenheit von seinen Schultern gleite.

»Schatz, lass«, wie oft hatte Ruth das zu ihm gesagt? Es hatte eine Weile gedauert, bis er die zwei Wörter verstanden hatte. Sie galten nicht ihm, stellten keine Abneigung ihm gegenüber dar. Sie galten über die Bande gespielt ihren Eltern. Deren Haus war sehr groß, Ruth das einzige Kind, das nach dem Krieg noch lebte. Und ohne je darüber gesprochen zu haben, war vom Anfang ihrer Liaison klar, dass Otto nach der Hochzeit in dieses Haus mit der langen Auffahrt und den zwanzig Walnussbäumen im weiten Garten ziehen, dass er in der Firma der Familie arbeiten und als zukünftiger Nachfolger vom Schwiegervater herangezogen würde. Da gab es kein Vertun.

Ruth fühlte immer die Eltern im Nacken. Auch wenn sie die obere Etage für sich nutzten, waren die Eltern immer gegenwärtig und setzten Ruth scheinbar nur durch ihre geahnte Anwesenheit unter Druck. *Schatz, lass* zementierte das Dilemma zweier Generationen unter einem Dach, und sie hatte es sich zur Aufgabe gemacht, die allzeit perfekt funktionierende Tochter zu sein. Sie fühlte sich schuldig, als Einzige von den ehemals sieben Kindern den Krieg überlebt zu haben, ohne dafür etwas getan zu haben, außer der Tatsache, ein junges Mädchen gewesen zu sein. Ihre fünf Brüder waren voller Kampfeswillen in den Krieg gezogen, weil sie dachten, der Vater hätte mit seinem Gerede über arisches Blut, blaue Augen und blondes Haar schon recht, und ihnen nie in den Sinn gekommen wäre, dem Patriarchen zu widersprechen. Die zwei jüngsten Söhne, aufgeweckte Zwillinge, waren gerade mal siebzehn Jahre alt, als sie im Kriegsjahr '45 eingezogen und verheizt wurden. Sie starben, wie ihre Teenagerfreunde, mit ungläubigen Kinderaugen voller Angst. Ruths ältere Schwester Lisa, die in Hamburg lebte, war da bereits bei einem der vielen Bombenangriffe getötet worden, und mit ihr das ungeborene Kind.

In den letzten Kriegsmonaten reihten sich die Bekanntmachungen über den Tod des einen oder anderen Sohnes wie eine Perlenkette des Grauens aneinander. Bei der letzten Meldung verlor die Mutter Else ihre Sprache. Kein Laut kam ihr mehr über die Lippen, als der Brief mit dem Signet der Wehrmacht aus ihren Fingern zu Boden segelte und im Sonnenstrahl der Mittagsstunde liegen blieb. Else sprach nie wieder. Wollte sie etwas mitteilen, hatte sie Block und Stift in der Bauchtasche ihrer Schürze. Nie schrieb sie ganze Sätze, machte nur Stichworte, stets mit einem Dank ergänzt: *Blumen gießen, Nüsse sammeln, Wäsche kochen, danke schön,* und zielte mit dem Zeigefinger mitten auf die Brust von Ruth und später auch Otto, während sie ihnen den Block hinhielt. Wenn Else sah, dass ihre Tochter niedergeschlagen war, zeichnete sie eine Sonne und bedeutete Ruth mit Gesten, nur ihr Mund sei verschlossen, die Ohren hingegen würden sehr wohl funktionieren, wenn Ruth reden wolle.

Ruths Vater Heinrich, der im Ersten Weltkrieg durch die Gräben an der Westfront gekrochen war und an die Dolchstoßlegende glaubte, war ein Nationalsozialist der ersten Stunde. Er glühte nach jeder Meldung eines gefallenen Sohnes weiter für das Tausendjährige Reich, hasste die Abtrünnigen, die weiße Fahnen aus den Fenstern hängten, als die ersten Panzer der Befreier durch das Dorf gefahren waren, krakeelte weiter die Parolen des Führers, der bereits mit zerschossenem Schädel in der Berliner Erde verscharrt worden war.

Die Alliierten konnten dem Mittfünfziger keine aktive Rolle in der Maschinerie des Todes nachweisen, außer der, rund ein Dutzend Zwangsarbeiter beschäftigt zu haben, die ihm für seine einst erfolgreiche, dann kriegsrelevante Schuhfabrik zugeteilt worden waren. Dass er die geschwächten, ausgemergelten Polen und Franzosen bis zur Erschöpfung getriezt und mit krimineller Kreativität gedemütigt hatte, ließ sich im Nachhinein nicht mehr beweisen, und der Kessel Suppe, den Else und Ruth täglich gekocht und zur Fabrik getragen hatten, wurde irrtümlich als gewisse Milde Heinrichs gewertet, obwohl er strikt dagegen gewesen war, dass Else fettes Fleisch und viel Gemüse mitkochte. Sein Glühen wurde nicht weniger. Es glühte, als die Medien die Bilder der Konzentrationslager und der Menschen zeigten, die dem Tode so viel näher waren als dem Leben. Es glühte, als die Urteile der Nürnberger Prozesse gefällt wurden. Es glühte, als ranghohe Offiziere mit Menschenrechtsverbrechen auf dem Gewissen wichtige Positionen in Politik und Verwaltung einheimsten. Allerdings hatte Heinrich begriffen, dass es für seine Schuhfabrik zuträglicher sei, das Glühen gegenüber den Geschäftsleuten, mit denen er Verträge schloss, die die Fabrik wieder florieren ließen, für sich zu behalten und allenfalls bei schnapstriefenden Abenden in der Gaststube zu lallen, wenn er mit seinen Kompagnons Karten kloppte und stinkende Zigarren rauchte. Da ließ man ihn unter dem Deckmantel eines verwirrten, vom Schicksal gebeutelten Mannes schwafeln und sagte allenfalls zu ihm, er solle heim, er habe für heute genug intus. Seine Kriegstaten wurden von der Justiz auf wundersame Weise vergessen und unter dem Konsumrausch der Wirtschaftswunderjahre begraben.

Die stumme Frau und der hasserfüllte Nazi waren stets im Leben von Otto und Ruth präsent. Sie selbst waren jung und wollten Neues erleben, wollten nachts nackt im See schwimmen, sich am Ufer lieben, mit all den kichernden Auas und Wehwehs wegen der Steinchen, die sich durch die Wolldecke drückten. Sie vergötterten die Coolness eines Cary Grant und die Lieder von Nat King Cole. Otto kaufte eine Vespa, um den warmen Sommerwind im Haar und Ruth, die sich vom Sozius aus an ihn schmiegte, spüren zu können. Gefahren waren sie damit selten. Sie träumten von einer Reise durch Italien, wollten die Meeresbrise auf Capri auf ihren Lippen schmecken, wollten Spaghetti und Gelato genießen und frei sein. Stattdessen legte sich die Aura der Alten wie ein vergilbter Vorhang über ihre Leichtigkeit. Ihr Jungsein rieselte ihnen durch die Hände, Tag für Tag, und ließ sich mit nichts aufhalten. Doch ihre Liebe war wie eine Festung für sie. Im Wallgraben schwamm ein Krokodil seine Runden und würde zuschnappen, hielten sie nicht zusammen. So hatte Ruth Otto ihre Gefühle einmal erklärt, und er hatte sie mit dem Versprechen, ihren gemeinsamen Schatz gegen alles auf der Welt zu verteidigen, in den Arm genommen und geküsst, wie es ein Humphrey Bogart nicht besser hinbekommen hätte. Je größer ihre Ohnmacht gegenüber den Umständen im Elternhaus wurde, desto mehr wuchsen sie zusammen. Nur deswegen konnten sie es aushalten, nicht weggehen zu können. Ruths Verantwortung für ihre Mutter konnte Otto gut verstehen, denn auch er war sich sicher, dass es Elses Untergang wäre, verließen sie das Haus, die Firma, das Dorf.

Otto hasste Heinrich und seine Macht, die Familie in die seelische Schraubzwinge zu klemmen. Es ekelte ihn an, wie er Else in einem fort anherrschte. Wie er der Zugehfrau in den Popo kniff und mit einem »unser knackiges Trudchen« auf den Lippen höllisch lachte. Wie er Ruth mit jedem Blick zeigte, dass er sie, ohne zu zögern, gegen das Leben seiner Söhne eintauschen würde. Wie er ihn, Otto, unentwegt spüren ließ, dass er ein Feigling sei, weil er nicht im Krieg gewesen war wie seine jüngsten Söhne, obwohl sie im selben Jahr geboren wurden. Wie er am Tisch schmatzte, Fleischreste aus den Zähnen pulte und die Fasern ans Tischtuch schmierte. Alles an ihm erzeugte bei Otto den Wunsch, ihm eine runterzuhauen, damit der alte kleine Mann von gebückter Statur, mit schütterem Haarkranz und den Augen eines Habichts, endlich das Gebaren eines Oberbefehlshabers ablegte. Otto und Ruth ertrugen den Alten mit innerer Kündigung, stellten sich schützend vor Else, die in der Trauer um ihre verlorenen Kinder in ihrem Wesen stiller und stiller wurde.

Bis Robert geboren wurde. Else blieb stumm, kümmerte sich aber liebevoll um ihren Enkel und zeigte bisweilen gar Anzeichen von einem Hauch Glück und Freude, zart, vergänglich, meist von kurzer Dauer. Statt Worte zeichnete sie ihm kleine Bildchen, mit denen sie sich später verständigten. Heinrich hatte beim ersten Besuch am Wochenbett etwas von Stammhalter geschwafelt, der mit strenger Erziehung und Schmiss die Familienehre retten könne. Otto hatte ihn an den Schultern gepackt und gegen den Kleiderschrank geschoben, den Unterarm gegen den Kehlkopf gedrückt: »Du hältst dich gefälligst von meinem Sohn fern, sonst prügle ich deine Nazi-Seele aus dir raus.« Er ließ ihn erst vom Haken, als Heinrich ein Nicken andeutete. Das war im März 1954 gewesen. Elses Blumenstrauß für Ruth leuchtete im Sonnenschein, und Robert schlief in den Armen seiner Mama, die ihm zart über die Wange streichelte.

Das einzige Mal, dass Else jemals wieder Worte benutzte, war der Moment, als Heinrich am Mittagstisch meinte, seine Jungs wären gar nicht tot, sondern desertiert und zu den Roten übergelaufen, stopften sich mit Kaviar und Wodka die Wampe voll, Feiglinge seien sie, allesamt. Die Fahne seines Frühschoppens waberte zwischen den Tellern und Schüsseln umher.

Else schüttelte erst langsam, dann schneller den Kopf, wie ein symbolisches nein, nein, nein. Sie schloss die Augen, und es schien, als würde sie all ihre Kraft zusammennehmen. Ihre Stimme klang brüchig, krächzend wie eine Holzdiele in einem einsamen Haus. Sie sprach leise und langsam, doch jedes Wort war klar zu verstehen und kroch ins Mark:

»Halt deinen Mund. Sonst ...«

Sie öffnete die Augen und stach mit aller Wucht das Schneidemesser, das sie in der Hand hielt, in den Krustenbraten. Dann stand sie mit einem Ruck auf, stützte die Fäuste auf die Tischplatte. Ihre bleichen Unterarme waren dürr und zitterten, wie die Beine eines Fohlens, dessen Fell von der Geburt noch nass ist. Sie beugte sich nah zu ihrem Mann und sagte eindringlich, wenn auch flüsternd:

»Sei endlich still!«

Otto erinnert sich, wie er starr auf das feine Rinnsal Bratensaft, das aus dem Schnitt entlang der karierten Fettfurchen lief, geguckt und unter dem Tisch Ruths Hand gedrückt hatte. Der kleine Robert saß in seinem Laufstall und guckte in die Luft.

Weil Heinrich nichts auf andere gab und in seiner Trunkenheit, die mehr und mehr zum Alltag geworden war, seine Söhne immer häufiger durch den Dreck gezogen hatte, erstach Else ihn schließlich im Schlaf und ging mit dem blutverschmierten Messer in den Garten. Zwei stumme Tode inmitten der Nacht.

Otto erinnert sich, wie er mit Ruth am nächsten Morgen in den Garten gegangen war, nachdem sie Heinrich gefunden hatten. Wie sie sich mit aufgerissenen Augen anstarrten und sich zögerlich der toten Frau näherten, die, an einen der Walnussbäume gelehnt, im Gras saß. Die Handgelenke waren aufgeschnitten, mit jenem Krustenbratenmesser, und ihr Blut verklebte die Halme ringsum. In ihrem Schoß lag ein Familienfoto mit all ihren Kindern. Eine sepiafarbene Aufnahme, bei der alle steif und artig in bester Sonntagskleidung in die Kamera geblickt hatten. Nur Ruth, das drei Monate alte Baby, lachte vergnügt durch den Speck ihrer Wangen. Heinrichs Kopf hatte Else rausgeschnitten wie eine wurmstichige Stelle in einem Apfel.

Ruth war schnell zurückgelaufen, um nachzuschauen, ob Robert schlief. Nicht auszudenken, der kleine Junge würde … Normalerweise lag er in seinem Bett, hatte die Decke halb weggestrampelt und blinzelte, wenn er seine Mama hörte. Stolz sagte er dann: »Da bin ich wieder.« Das sagte er jeden Morgen. Für ihn war klar, dass er des Nachts in einer anderen Welt lebte als tagsüber und diese meist lieber mochte, da er dort fliegen konnte und fantastische Wesen besuchte. Ruth nahm ihn dann schmusend in die Arme: »Schön, dass ich dich wiederhabe«, und sie lachten herzerfrischend.

So nicht an jenem Morgen. Wie oft hatte Ruth Otto diese Szene beschrieben und ihre Schultern hilflos zu den Ohren gezogen, als wolle sie die Erinnerung von sich fernhalten. Der Junge lag eingeigelt in seinem Bett, hatte die Decke bis zur Nase gezogen, die Augen fest zugekniffen. Die Augäpfel gingen hinter dem Lid hin und her wie ein Pingpongball im Flug über das Netz.

»Mein Schatz, bist du schon hier?« Ruth bemühte sich, normal zu klingen, hörte jedoch, wie ihre Stimme strauchelte und bei jedem Wort hinfiel. Robert schüttelte langsam den Kopf, kniff die Augen fester zusammen.

»Was ist los, mein Schatz?« Sie streichelte ihm über das feine Haar. Innerlich ließ die Ahnung, die sich in ihr breitmachte, sie bitterlich frieren. Lange rührte Robert sich nicht, dann rappelte er sich auf und verkroch sich in den Armen seiner Mama. Ruth sah das Blut an seinen Handballen.

»Oma war nicht da, und der Opa schläft so komisch, und sein Kissen ist ganz nass.«

»Ach, ach, mein kleiner Schatz, alles wird gut, schsch«, sagte Ruth nah an seinem Ohr und wiegte sich vor und zurück.

Sie erzählten dem Jungen etwas von einer plötzlichen

Krankheit und dass die Großeltern alt gewesen waren, dass sie nun bei den Engelchen seien und sie es gut dort hätten. Robert hatte stumm genickt und auf seine Füße gestarrt. Die erste Zeit schauten sie ihm besorgt zu, wenn er seine Zinnsoldaten brachial gegeneinander antreten ließ, dem Nachbarsjungen vors Schienbein trat und seinen Pudding nicht essen mochte, seine allerliebste Nachspeise. Mit den Wochen normalisierte sich das Leben scheinbar, doch Robert sagte nie wieder sein morgendliches »Da bin ich wieder«. Der grässliche Anblick des Opas, die starren Augen, der irre Blick, die Rinnsale von Blut, die an der weißen Wand heruntergelaufen waren, hatte Roberts Unterbewusstsein in der Traumwelt verortet, und nachts flog er nicht mehr durch fantastische Abenteuer, sondern durch das Schlafzimmer seiner Großeltern, und eine Woge roter, zäher Flüssigkeit ergoss sich über ihn. An dieser Stelle erwachte er stets und schnappte nach Luft. Es dauerte eine Weile, bis er sich beruhigt hatte und der Schweiß auf der Stirn getrocknet war. Er erzählte niemandem von seinem wiederkehrenden Traum, und eines Nachts wurde dieser jäh durch einen noch schlimmeren ersetzt.

Mord in den Federn und Suizid unterm Walnussbaum ereigneten sich im Sommer '58. Das Gerede im Dorf war immens, wenngleich auch flüsternder als bei außerehelichen Affären, Trunkenheit, Missbrauch oder häuslicher Gewalt. Manch eine Mutter, deren Seele ein totes Kind betrauerte, mag insgeheim gedacht haben: Ich an ihrer Stelle wäre auch durchgedreht, nur viel früher, um sich dann schnell mit einem Ave-Maria beim Herrgott zu entschuldigen.

Die Schwere verflog mit der ersten Trauerzeit um Else, und Otto war sich sicher, dass niemand Heinrich ernsthaft vermisste, außer seinen Jagdgesellen vielleicht, die am offenen Grab ins Horn bliesen und sich das Recht nahmen, Salutschüsse zu Ehren des Kriegsveteranen abzufeuern. Dreimal krachten die Geschosse der Gewehre, rauchten nach, echoten durch den Äther und ließen die Anwesenden zusammenzucken. Und Otto erinnert sich, wie Ruth seine Hand bei jedem Schuss fester gedrückt hatte.

Otto nimmt die halbe Zigarette aus der Nut am Aschenbecherrand, hält seinen Kopf schief, soweit es die überalterten Faszien zulassen, und steckt sich den Stummel an. »Es ist nie zu spät, an seine Gesundheit zu denken«, hatte er Elena erklärt, als sie ihn bei seinem neuen Ritual beobachtete, die Zigarette in zwei Etappen zu rauchen und es seine Zigarettendiät zu nennen. Sie hatte die Augenbrauen hochgezogen und mit einem »Nönö«, das vor Ironie triefte, den Raum verlassen. Otto beobachtet, wie die Kakteen den Qualm aufspießen und die Hoheit um die reine Luft verlieren. Er sieht Robert den Garten abmarschieren. Vor sich her rollt er den Nusssammler. Alle paar Meter entlässt Robert die gefangenen Walnüsse in einen Korb. Er macht das konzentriert, lässt die drehende Reuse nicht aus den Augen, rollt so lange über eine Stelle, bis auch die kleinste Nuss in Gewahrsam ist, und Otto kommt auf einmal die Frage, ob auch Robert ihn stets im Nacken spürt, wie einst Ruth ihre Eltern, und sich dabei ebenso unfrei fühlt. Der Gedanke behagt ihm nicht, denn Otto erinnert sich gut, wie Ruth und er aufgeatmet hatten, als sie in den Wochen nach der Beerdigung das Haus renovierten, sich der behäbigen Biedermeiermöbel entledigten, frische Farbe an die Wände pinselten und die schweren Vorhänge vor den großen Fenstern gegen leichtere tauschten, damit endlich Licht in den dunklen Kasten kam. Aus dem Schlafzimmer der toten Eltern wurde eine Rumpelkammer, und weder Ruth noch Otto gingen dort hinein, wenn es nicht notwendig war. Nicht so Robert. Er hatte damit angefangen, sich jeden Morgen in die Mitte des Raums zu stellen und langsam um die eigene Achse zu drehen. Auf die Frage nach dem Warum, sagte er, er müsse prüfen, ob das Blutrot nicht über Nacht durch die neue Tapete gesickert sei. Auf die Beteuerung seiner Mutter »Mein Schatz, das Blut gibt es nicht mehr«, entgegnete er mit ernstem Blick, dass er sich dessen nicht sicher sei und man nie wissen könne, dabei sah er für einen Moment um Jahre gealtert aus.

Sie erlebten einen Herbst mit viel Arbeit in Haus und Garten und den ersten Gehversuchen Ottos als neuer Chef der Schuhfabrik und einen Winter mit dem Geruch von mit Marzipan gefüllten Bratäpfeln und einem trauten Weihnachten, bei dem sich die drei einander genug waren. Sie erlebten einen Frühling mit frischem Gelächter und neuem Mut für das, was in Ruths Bauch wuchs und weswegen Robert ganz aus dem Häuschen war, hätte er dann doch immer jemanden zum Spielen. Wann immer es ging, hielt er sein Ohr an die leichte Wölbung und versuchte etwas durch das Gemurmel der Gedärme herauszuhören, um sich dann mit einem »Ach, es spricht immer noch nicht« enttäuscht wieder in den Garten zu trollen. Sie erlebten einen Sommer mit saftigem

Walnusslaub und Schwalben, die durch den Garten zischten. Ruth und Otto knusperten im Kino Popcorn und sahen die weißblonde Marilyn in *Manche mögen's heiß*, während die Zugehfrau auf Robert aufpasste, der geschmollt hatte, wie es nur Fünfjährige können, und mit den Worten »Ich hab euch nicht mehr lieb, wenn ich nicht mitdarf« in sein Zimmer gestapft war, ohne einen Kuss der Eltern. Ruth und er hatten im Wagen mit dem abendlichen Gutenachtlied auf den Lippen über den kleinen Racker geschmunzelt.

Wirklich schön waren diese Monate, denkt Otto und hofft, dass Robert ihn bald zum Mittagessen holen kommt, ihn, den mürrischen, zeternden Vater, zu dem er seit jenem Jahr geworden war.

Die Nüsse kullern in ihrem Laufrad. Das helle Geräusch erinnert Robert an Bongos, die von feinen Händen gespielt werden. Die Ernte hatte er schon als kleiner Junge geliebt: Nüsse täglich einsammeln, damit die Gefahr von Fäule gering blieb. Den Blitzroller, wie er ihn nannte, vor- und zurückrollen. Den Korb füllen. Die Nüsse, die sich noch in der grünen Schale versteckten, mit einem Schalenentferner, der aussah wie eine mit vielen Spitzen gespickte Wäschetrommel, von ihrer fleischigen Haut befreien. Alle Nüsse im Trockenschrank im Gartenschuppen ausbreiten und trocknen lassen. Hatte ein Kunde schalenfreie Nussfilets geordert, musste Robert die Knackmaschine namens Flink junior einsetzen. Dann setzte er sich Ohrschützer auf. Denn das Geräusch der sich wehrenden Schale, deren Knacken und Zermürben, ließ ihn grausen wie Kreide, die über eine Tafel kreischt. Seit Robert denken konnte, gab es in seinem Leben diese majestätischen Walnussbäume, und mit jedem Jahr, das er älter geworden war, durfte er mehr und mehr die Ernte übernehmen. Anfangs hatte Ruth ihm vieles gezeigt, und er hatte mit seinen kleinen Händen Nüsse in den Korb legen dürfen, bei jeder ein wenig stolzer. Später hatte er Otto geholfen. Aber das war nicht das Gleiche, denn er lachte nicht und erzählte ihm keine Geschichten von der kleinen, mutigen Nuss namens Susi, die die Welt eroberte. Otto machte die Arbeit, weil sie getan werden musste. Robert war froh, als er im Teenageralter die Spreewalder, Weinheimer, Geisenheimer Walnussbäume sowie die Rote Donaunuss sein Reich nennen durfte. Alle schmeckten sie etwas unterschiedlich und fielen zu unterschiedlichen Zeiten vom Baum, sodass Robert im Herbst jeden Tag seine Aufgaben im Garten hatte, um anschließend die Nüsse zu verkaufen. Da Carl, der Apotheker, ihm erzählt hatte, dass halb reife Nüsse und im Frühsommer geerntetes Laub wahre Vitamin-C-Bomben und für die Naturheilkunde wertvoll seien, versorgte Robert ihn mit Nachschub. Carl setzte die gewonnenen Extrakte im Kampf gegen Darmparasiten, Frostbeulen und Hautgeschwüre seiner Kundschaft ein. Und als Robert ihm in einem vertrauten Moment von seinen täglichen Albträumen erzählte, mischte Carl ihm ein Mittel, das ihn traumlos würde schlafen lassen. »… nur fünf Tropfen, Robert, hörst du? Jeder Tropfen mehr hat eine unkalkulierbare Wirkung, dann bist du rund um die Uhr ausgeschaltet. Fünf Tropfen, nicht mehr!« Robert hatte genickt und ihm die Hand darauf gegeben. In Gedanken gefiel ihm die Idee, sich tageweise ausklinken zu können. Das war Ende der 1980er-Jahre gewesen, und seitdem standen die

Traumfrei-Tropfen im Spiegelschränkchen über dem Waschbecken. Robert hatte sich nie getraut, sie einzunehmen. Er wäre sich wie ein Feigling auf der Flucht vorgekommen. Er hatte es verdient, dass die Albträume ihn jede Nacht quälten und lähmten, davon war er überzeugt.

Robert verteilt die gesammelten Nüsse gleichmäßig auf den Gittern des Trockenschranks, er mag das Geräusch, wie sie dabei aneinanderkullern, mag ihre geäderte Oberfläche, liebt den Geruch nach erdigem Holz. Er erinnert sich an die erste Ernte ohne seine Mama. Da war er fünf Jahre alt gewesen. Wie Otto stumm die Arbeit getan hatte, wie er, Robert, nicht wusste, was er tun sollte, ohne im Weg zu sein. Deshalb hatte er Otto beobachtet und lief mit den Nüssen, die seine kleinen Hände tragen konnten, erst dann zum Korb, wenn Otto seinen Blitzroller geleert hatte. Otto war wieder am Korb, um die nächsten Gefangenen aus dem Drahtverlies zu entlassen. Als sich einige Nüsse widersetzten und alles Schütteln nicht half, sah Robert, wie sein Vater in die Knie sank und weinte, mit bebendem Körper, mit offenem Mund, mit Schnodder, der aus der Nase lief, mit Tränen, die seine Wangen überzogen, und doch war nichts anderes zu hören als sein ruckender Atem. Ein einsamer Mann in einem traurigen Stummfilm.

Robert zögerte. Dann lief er mit den Nüssen in den Händen zu seinem Papa, stolperte, fiel hin, rappelte sich auf und reichte ihm eine einzelne Nuss, die er noch in seiner Hand hielt. Otto hatte ihn durch die Tränen angesehen, ihn zu sich gezogen und in einer langen, warmen Umarmung gedrückt und dabei vor- und zurückgewiegt, wie es Ruth stets getan hatte. Nach einer Weile, die einer Ewigkeit glich, hatte Otto in Roberts Haar genuschelt, dass er alt genug sei für einen eigenen Blitzroller. »Warte hier, bin gleich zurück«, wischte sich beim Aufstehen die Tränen trocken und ging in den Schuppen. Robert erinnert sich, wie Otto mit Ruths Blitzroller zurückgekommen war. »Das ist jetzt deiner, und Mama sieht dir zu, wie du mit ihrem Zaubersammler alle Nüsse aufsammelst.« Otto hatte den Stiel gegen einen kürzeren ausgetauscht, sodass er zu Roberts Größe passte und er ihn gut händeln konnte. Konzentriert hatte Robert seine ersten Meter abgefahren, zugesehen, wie die Nüsse wie von selbst in die Reuse schlüpften, seinen ersten Korb allein gefüllt und Otto geholfen, bis der Tag seine Helligkeit an die Abenddämmerung abgeben musste und sie gemeinsam ins Haus gingen.

Robert zieht die verbeulten Gartenstiefel aus, hängt seine Erntezeit-Steppjacke an den Haken. An den Ellbogen lugen kleine Vlieswölkchen hervor, so sehr ist der Stoff abgescheuert. Er versucht sie mit dem Zeigefinger unter den Stoff zurückzuschieben und hat wieder den Erntetag von einst vor Augen, weiß noch, wie die Nacht gekommen war und mit ihr der schreckliche Traum. Er hatte ihn in den folgenden Jahren so oft geträumt, dass er sich an jedes kleinste Detail erinnert. Wieder und wieder die gleiche Szene. Die Regie des Schicksals sah keine Änderungen vor:

Eine helle Stimme singt *»Say ›Nighty-night‹ …«* so wunderschön, dass ihm der Atem stockt. Sie singt die Zeile in einer Endlosschleife, als gäbe es eine Furche auf der Schallplatte, breit wie ein Daumen. Der kleine Robert steht in einem

Raum. Die Wände, der Boden, die Decke sind aus Spiegelglas. Er sieht seine Mama mannigfach in den gesprungenen Spiegeln. Sieht, wie jedes der Abbilder weint, ihn ruft und nach ihm fassen will und er nicht weiß, welche die echte Mama ist. Er rennt zu der, zu der, zu der, und immer greift er ins Leere. Mit jedem Fehlgriff multipliziert sich die Mama aufs Neue. Er rennt immer wilder umher und erreicht sie nicht. Der Gesang wird lauter und lauter, bis er sich die Ohren zuhalten muss und keine Hand mehr frei hat für seine geliebte Mama, um sie zu halten, ihr zu sagen, wie lieb er sie hat und wie leid ihm sein Schmollen an jenem Kinoabend tut. Als der Sopran sich zum Maximum aufschwingt, fallen schlagartig sämtliche Spiegel von den Wänden und zerschellen zu Tränen, die im Boden versickern. Alles um ihn herum wird schwarz – er ist allein. *»Dream a little dream of me.«*

Ein leises Ratschen holt ihn in die Gegenwart zurück. Robert sieht, wie sein Finger das Steppfutter aufreißt und statt weniger jetzt mehr Viskose aus dem Ellbogen quillt, als ob die Erinnerung an seine Mama an die Oberfläche wolle. Und wenn es nun doch an der Zeit ist, Carls Traumfrei-Tropfen auszuprobieren? Vielleicht darf ich mich endlich von den Albträumen befreien?, fragt sich Robert mit einem Pochen, das im Brustkorb hämmert, und geht in die Küche.

»Papperlapapp, wir brauchen keine Haushälterin! Schmeckt doch, was die vom Flitz-Menü kochen.« Otto zieht die Gabel erst durch das zähe Kartoffelpüree, dann durch die wässrige Bratensoße und schiebt alles im Schneckentempo in den Mund. Ein Tropfen platscht auf die Tischplatte.

»Eine, die auch das Putzen übernehmen würde. Elena hat recht, es ist dreckig bei uns.« Robert stochert in dem viel zu weich gekochten, viel zu lasch gewürzten, viel zu lange warm gehaltenen Essen in der Zweikammerschale herum. Er selbst kann nicht kochen, möchte sich nicht darum kümmern müssen und war, nachdem Karin ihn verlassen hatte, dazu übergegangen, im Wochenplan von Flitz-Menü für zwei zu bestellen. Lachende Senioren auf einem Tandem, eine strahlende Omi an der Haustür und fidel futternde Opas auf einer sonnigen Terrasse: Robert hatte oft überlegt, den Bringdienst wegen Vorspiegelung falscher Tatsachen zu verklagen. Der nächste Tropfen Essen klatscht auf die Tischkante, rutscht zu Boden. Otto isst langsam, wackelig, konzentriert, hat keine Zeit für Freude, lacht nicht. Kartoffelbrei verfängt sich in seinen Mundwinkeln wie eine Schneewehe um eine Hausecke. »Vaddern, wir werden nett zu Elenas Cousine sein, damit das klar ist.« Nach dem Essen hilft er Otto, sich für seinen Mittagsschlaf auf die Couch zu legen.

Die Tage sind anstrengend. Nicht weil sie anders wären als andere. Nein, sie sind anstrengend, weil ich alt bin, denkt Otto. Alles ist anstrengend, das Essen, das Sprechen, das Warten, selbst das Schlafen. Er weiß noch, wie er als junger Mann keine fünf Minuten brauchte, um einzuschlafen, und bis zum nächsten Morgen durchschlief, traumreich, traumfrei, je nachdem. Schlafprobleme sind was für alte Menschen, hatte er damals gedacht und, zack, waren die Jahrzehnte durchgelaufen wie eine Filmrolle im Projektor, und er liegt wie so oft stundenlang im Dämmerreich, das ihm keinen Schlaf gönnt. Dafür flimmern die Erinnerungen vor dem inneren Auge, die ihn schmerzen und die Falten auf der Stirn zittern lassen.

Sie sitzen im Auto, haben noch die Bilder von Marilyn, dem charmanten Tony Curtis, dem witzig-verzweifelten Jack Lemmon in Damenrobe im Kopf. Otto fährt die Isabella. Das Verdeck haben sie zurückgeklappt. Der Septembertag war warm genug gewesen, sodass der Abend herrlich mild ist. Ruth knabbert das restliche Popcorn, steckt ihm ab und zu ein aufgeplustertes Maiskorn in den Mund. Sie lachen und singen: *»I wanna be loved by you, I wanna be kissed by you.«* Ottos Hand liegt auf ihrem Oberschenkel, Ruth streicht über ihren Babybauch. Der Duft abgeernteter Felder liegt in der Luft. Sie erreichen die letzte Linkskurve, bevor das Ortsschild auftaucht, bevor sie sich vorm Garagentor küssen, bevor sie Robert die Decke sacht über die Schultern ziehen werden. Stattdessen streift sie der Scheinwerfer eines Motorrads, viel zu nah, viel zu grell. Die Maschine schrappt am Kotflügel der Isabella entlang. Ein Oberkörper in Lederjacke knallt gegen die Windschutzscheibe, der Kopf knickt über den Scheibenrand ab. Alles ist laut, alles geht schnell. Otto versucht gegenzusteuern, doch es ist für alles zu spät. Das Auto kracht gegen eine der Linden, die das Kriegerdenkmal säumen. Ruth wird rausgeschleudert, knallt mit aller Wucht gegen das Mahnmal, knallt gegen die Namen ihrer Brüder, die sich alphabetisch einreihen in die gefallenen Soldaten der beiden großen Kriege. Blut und Gehirnmasse tropfen von den bronzenen Buchstaben, die ein Verein zweimal jährlich poliert. Ihr Baby hat nicht den Hauch einer Chance. Der Polizeibericht von jenem Septembertag 1959 resümiert:

> Unfall wegen überhöhter Geschwindigkeit eines Motorkraftrades. Ausscheren in den Bereich des Gegenverkehrs mit Kollision eines Personenkraftwagens als Folge. Zwei – in Klammern drei – tote Personen sowie eine männliche Person mit leichten Verletzungen.

Immer wenn Otto an diese Sekunden des Unfalls denkt, meint er in seiner rechten Hand die letzte Wärme von Ruths Oberschenkel zu spüren und beginnt das Was-wäre-wenn-Karussell zu drehen: eine halbe Minute früher oder später losgefahren zu sein, Ruth vor dem Kino etwas länger in den Armen gehalten und ihr mehr mögliche Namen für ihr gemeinsames Kind ins Ohr gewispert zu haben, nicht an diesem Abend ins Kino gefahren zu sein und, und, und. Doch all das hat er nicht getan, und so starrt Otto an die Zimmerdecke, sieht das in sich zusammengesunkene, rauchgelbe Spinnennetz um die Lampe baumeln, wie die abgezogene Schale zarter Pellkartoffeln. Und bevor die leeren Jahre ohne Ruth, Roberts Verzweiflung, seine Mama an jenem Abend schmollend stehen gelassen zu haben, Ottos eigene manische Flucht in die Arbeit in der Schuhfabrik, seine hilflosen Ohrfeigen, die er Robert so manches Mal verpasst hatte, und das stetige Mürrischwerden von Vater und Sohn aufs Gedankenkarussell aufsteigen, setzt sich Otto hin. Wie mit einem alten Wagenheber geschieht das Stückchen um Stückchen, bis er das Bein über die Sofakante gezogen hat und aufrecht sitzt. Er nimmt das Telefon und ruft Elena an.

Otto sieht zur Fensterbank, ist froh, den Anruf gemacht zu haben, findet, dass es an der Zeit ist. Seine Kakteen bleiben ihm ja erhalten: Schwiegermuttersessel und der wunderbar symmetrische Seeigelkaktus, der Silberkerzen- oder der Muttertagskaktus. Die Deutsche Kakteen-Gesellschaft hatte sie dann und wann zum Kaktus des Jahres gekürt, und Otto war stolz, dass sie sich in seinem Wohnzimmer prächtig machten.

Einer fehlt in der Reihe. Arik hatte ihn am Ende des Sommers 1978 vorbeigebracht und Otto in umständlichen Worten gesagt, dass er keine Verantwortung mehr für den Kaktus übernehmen könne und es besser sei, wenn er als Kenner ihn übernehmen würde. Auf Ottos Frage, ob Verantwortung nicht ein zu großes Wort sei für einen kleinen Kaktus, hatte Arik gemeint: »Alle brauchen wir mal Hilfe, manche können darum bitten, andere« – und er hatte auf den Kaktus gezeigt – »können es nicht.« Im Nachhinein hatte Otto sich oft gefragt, ob Ariks Finger wirklich auf den Ferocactus macrodiscus gezeigt und nicht eher einen U-Turn beschrieben und sich selbst gemeint hatte. Deswegen schämte er sich später sehr für das Lied, das er prompt zu singen begonnen hatte:

»Mein kleiner grüner Kaktus
Steht draußen am Balkon.«

Er hatte Arik zum Mitsingen aufgefordert – *hollari* –, als er ihn zur Tür begleitete – *hollari* –, hatte ihn mit guter Laune niedergerungen, anstatt ihm ein guter Zuhörer zu sein – *hollaro*.

Doch Arik war stumm geblieben und ohne Gruß und Lächeln die Einfahrt hinuntergegangen, einzig der Kies unter seinen Füßen hatte geknirscht.

Viele Jahre hatte die Pflanze im Frühling in einem hellen Pink nelkengleich geblüht und bei Otto Erinnerungen geweckt, die für ihn schmerzvoll waren und nicht verblassen wollten. Dann waren die Rippen welk geworden wie die Haut alter Menschen, und Otto hatte all sein Wissen und Können eingesetzt, um den Kaktus gesund zu pflegen. Nichts hatte geholfen. »Entschuldige bitte, alter Freund«, hatte er in den Raum hinein gesagt und Robert gebeten, die Pflanze zu entsorgen. Er selbst hätte es nicht über sich gebracht.

Otto schüttelt leicht den Kopf, versucht so, die Gedanken an sein Unvermögen wegzuwischen, in manchen Situationen nie die richtigen Worte gehabt zu haben, und greift zur limettengrünen Trinkflasche mit dem Schnabelmundstück.

»Aus dieser Flasche werde ich nicht trinken! Ich bin seit geraumer Zeit erwachsen, und dies hier« – er hatte die Kunststoffflasche mit dem gelben Henkelband hochgehalten wie einen triefenden Öllappen – »ist was für Babys.«

»Dann benimm dich nicht wie eins. Die Flasche ist praktisch. Für uns alle«, hatte Robert entgegnet und wie ein Tupperware-Vertreter die Flasche an den Rollstuhl gehängt, wieder abgenommen, auf den Kopf gedreht, zum Beweis, dass sie dicht war, und so getan, als würde er daraus trinken. Ein »Hach, lecker« mit kreisender Handbewegung vor dem Bauch hätte noch gefehlt, und Otto hätte vor Wut und Scham zu weinen begonnen. Das war an Weihnachten vor fünf Jahren gewesen. Einen Tag nachdem er wegen akuter Dehydrierung aus dem Krankenhaus entlassen worden war. Früher hatte er im Leben gestanden, hatte erfolgreich eine Firma geführt, hatte Widersachern Feuer unterm Hintern gemacht, und jetzt trank er aus einer Flasche mit Entenschnabel und sein Urin nahm eine künstliche Abzweigung, elendes Alter. Immerhin, er war noch da. War einer der Letzten aus seinem Jahrgang im Dorf, und er fragte sich bisweilen, wenn er noch länger auf Erden weilen würde, wer wohl noch zu seiner Beerdigung kommen würde, um den Gedanken sofort mit einem *Mir doch dann egal* zu verdrängen, wenn auch halbherzig.

Verdrängt hatte er auch die Überlegung, ins Altersheim umzuziehen. An dem Ort, der einst ein Krankenhaus gewesen war und dessen klinische Atmosphäre sich nie ganz verzogen hatte, wollte Otto nicht sein. Auch wenn er wusste, dass er Robert mit seiner Pflege bisweilen einiges zumutete. Er kannte das Altenheim vom Verein her. Über Jahrzehnte waren die Männer am Morgen des ersten Weihnachtstages in das ehrwürdige Haus am Ende des Ortes gegangen und hatten für die alten Leute gesungen und gehofft, so den Sog des Alleinseins, den unerbittlichen Lauf der Zeit oder die verloren gegangene Lebensautonomie ein wenig in den Hintergrund drängen zu können. Wann sie mit diesem Weihnachtssingen angefangen hatten, wusste Otto nicht mehr. Aber die Freude, die in den Gesichtern der Bewohner zu lesen war, gab ihnen das Gefühl, zur richtigen Zeit am richtigen Ort zu sein, und so war dieser Termin zu einer Tradition des Chors geworden, der die Männer von Herzen gerne nachgingen.

Im Foyer stand dann eine Tanne, hoch wie das Zimmer, in den Christkugeln und Lamettabüscheln spiegelte sich das Licht, auf den Tischen standen Teller mit Keksen und Marzipan, es duftete nach Anis und Zimt. Die Frauen und Männer saßen an den Tischen und warteten auf die Lieder, die die meisten von ihnen kannten und die sie – sofern die Gesundheit es so wollte – mitsingen würden, und Otto war jedes Mal erstaunt, wie sich ihrer aller Stimmen zu etwas Wundervollem vereinten, das sich warm und nach Heimat anfühlte.

Mit den Jahren hatten sie auch etliche ehemalige Sänger besungen, und für Otto waren es keine schönen Momente, wenn einige von ihnen sie ohne jedes Wiedererkennen angeschaut und mit den Köpfen gewiegt hatten, als würden sie gerade zum ersten Mal singen. Doch das Lächeln, das die Melodien in so manches Gesicht zauberten, war für Otto Indiz genug, dass Musik keine Grenzen kennt.

Es war Weihnachten 1979 gewesen, als ihr Gesang wieder und wieder von Ariks Mutter unterbrochen worden war. »Wo ist mein Junge?« – »Warum singt er nicht mit?« – »Ist etwas mit meinem Arik?« Ihre Stimme wurde mit jeder Frage lauter, doch niemand antwortete ihr. »Er singt so schön wie eine Nachtigall, schön wie eine Nachtigall …« Die Pflegerin hatte sich zu ihr hinuntergebeugt und über den Kopf gestreichelt. »Vogelschön«, hatte Frau Schiemann geschrien und wurde mit milden Ausreden, die die Wahrheit nicht ansprachen, aus dem Saal gerollt. Frau Schiemann hatte die Wahrheit einmal gekannt, hatte viele Tage und

Nächte geweint, dann hatte sie sie vergessen und niemand mochte sie ihr erneut erzählen.

»Lieb Nachtigall, wach auf!
Wach auf, du schönes Vögelein«,

hatten Otto, Hans, Hugo und Carl zu singen begonnen, bevor der Chorleiter das nächste Lied der Liste hatte anstimmen können. Die anderen Männer hatten schnell begriffen und voller Wärme in der Stimme mitgesungen:

»… auf deinem grünen Zweiglein,
wach hurtig auf, wach auf!«

Otto schaltet den Fernseher ein. Seit geraumer Zeit kann er vielen Sendungen nicht mehr richtig folgen. Versteht nicht, wie das, was er sieht, in einem Zusammenhang zu irgendwas oder irgendwem stehen könnte. Da gab es Frauen, die sich beim Anprobieren von Brautkleidern filmen lassen. Scheinbare Schülerinnen einer Klasse oder Mitbewohner einer WG, die sich anblaffen und keine ganzen Sätze sprechen. Eine bunter tätowiert als die andere ist, als wäre die Haut ein Notizblock, der neben dem Festnetztelefon liegt. Da gab es Bauern, die Frauen suchen, und überforderte Hundebesitzer vertrauen sich Tiertrainern an, manche graben vor laufender Kamera ihren Garten um, andere wandern ohne Sinn und Verstand aus. Und es wird gekocht, wahnsinnig viel gekocht. Auf beinah allen Kanälen zu allen Zeiten steht wer am Herd und schnibbelt erklärend, brät referierend, schmeckt schmatzend ab, und der Höhepunkt scheint stets die Flambiererei zu sein. Otto geht das alles auf die Nerven. »Aber von Zeit zu Zeit brauche ich den Krach des Lebens, um mich weniger allein zu fühlen«, hatte er auf Elenas Frage, warum er fernsehe, wenn ihn doch alles nerve, geantwortet. Früher, als er Chef der Firma war, hatte er manche Beziehung zu einer Irmgard, Gerda oder Ingeborg gegen die Einsamkeit auf sich genommen. Doch für keine waren die Gefühle ehrlich, bei keiner fühlte er sich geborgen, keine war wie Ruth, und er moserte so lange herum, bis die Frauen das Weite suchten und sein vermeintlicher Ruf als reicher Prinz und guter Liebhaber sich in Luft auflöste und er allein blieb.

Er zappt sich wahllos durch die Programme, findet bei keinem Sender Halt. Früher gab es drei zur Auswahl, und alles war besser als dieser Tinnef von heute, denkt er und hat mit einem Mal die Titelmelodie von *Der 7. Sinn* im Ohr. Weiß noch das Gefühl seines Triumphs, als in den Medien über die neue Gurtpflicht berichtet wurde. Sein Kampf, den er seit Ruths Tod gegen Politik und Verwaltung ausgefochten hatte. Roberts Einwand, »Vaddern, du weißt nicht mal, ob die das wegen dir eingeführt haben«, mochte wahr sein, aber Otto war das egal. In seiner Welt waren es seine unzähligen Leserbriefe, Petitionen und Dienstaufsichtsbeschwerden gegen untätige Beamte gewesen. Es hatte noch zahllose weitere Verkehrstote geben müssen, bis die Pflicht, wenn auch erst nur für die Vordersitze, endlich eingeführt wurde. Das war zum Jahresbeginn 1976. Rund fünfzehn Jahre nach dem Unfall am Kriegerdenkmal. Und wieder denkt er an Ruth, wie sie aus dem Auto geschleudert wurde. Sie könnte noch leben, ihr Kind könnte noch leben, ihr Leben zu viert hätte ein glückliches, schwungvolles, schönes Leben sein können und, und, und.

Robert scrollt sich durch die Fotos der vergangenen Nacht. Macht er das schnell genug, ergibt sich ein zitternder Film, und Robert sieht, wie sich der Waldkauz aus der Tanne erhebt, bewundert die Flügelschläge in ihrer Perfektion aus Anatomie und Mechanik, sieht, wie die Federn im Lufthauch tänzeln und die vorgestreckten Krallen nach der Maus fassen, bestaunt den Blick des Tiers in die Kamera – majestätisch, wunderschön. Im Hintergrund glitzert der Bach im Mondschein. Robert hält den Atem an, scrollt vor und zurück, so sehr fasziniert ihn die Schönheit der Nacht. Fünf Bilder wählt er aus, lädt sie im Portal des Naturbildermacher e. V. hoch. Sein Account läuft unter dem Namen *Mutiger Kauz*. Es ist seine Kontaktadresse für eine Außenwelt, die er nicht kennt. Nie hat er sich getraut, seine Fotografien ohne sein Pseudonym der Quasiöffentlichkeit des Portals zu zeigen, nie hat er ein anderes Portal benutzt als das, dessen Layout den Charme der 1990er-Jahre atmet wie gesprayter Glitzerschnee auf einem Weihnachtsbaum. Die Kommentare der anderen User liest Robert nicht, ist bange, dass jemand die Fotos stümperhaft finden und an seiner kleinen Komfortzone rütteln könnte. Er beteiligt sich weder an Fachsimpeleien noch an Verabredungen in der realen Welt für gemeinsame Fotosessions. Auf Bernds Frage, warum er überhaupt dort angemeldet sei, hatte Robert mit den Schultern gezuckt: »Ich zeig denen einfach ein paar Bilder und damit hat es sich. Wen interessiert's?«

Bernd und Robert kennen sich von klein auf, sind die besten Sandkastenfreunde gewesen, saßen in der Klasse nebeneinander und haben im selben Fußballverein gespielt. Sie wären dem anderen selbstredend Trauzeuge gewesen, wenn einer von ihnen geheiratet hätte. Das Reden lag ihnen beiden damals wie heute nicht, doch sie verstehen sich auch ohne viele Worte. »Womöglich der Grund, warum ihnen nie langweilig wird«, philosophierte Elena gegenüber Otto, um dann – Daumen und Zeigefinger ans Kinn haltend – zu fragen, von wem Robert sich das wohl abgeguckt haben könnte, und Otto hatte sie angeschaut wie ein argloses Kind. Seit zwei Jahrzehnten kommt Bernd jeden Werktag für sein zweites Frühstück bei Robert vorbei. Sie trinken auf der überdachten Terrasse Kaffee aus Tassen mit verblichener Werbung und angeschlagenen Rändern. Bernd isst seine Butterbrote, die er stets in einer blassblauen Tupperdose mitbringt, bei der es etwas dauert, den steifen Deckel abzuziehen. Sie schweigen, ziehen bisweilen die Nasen hoch, kullern sich die spärlichen Neuigkeiten des vergangenen Tages zu und scheinen in sich zu ruhen wie meditierende Mönche. Ist alles verzehrt und sind die Hände eingeschlafen, die unter den Oberschenkeln klemmen, geht Bernd mit den Worten »War wieder schön« die lange Auffahrt hinunter, überquert die schmale Straße und geht zu seinem Hof. Kommt es vor, dass Robert nicht da ist, setzt sich Bernd zu Otto, trinkt Kaffee und mümmelt sein Brot.

Für Roberts Hobby ist Bernds Hof ein Eldorado der Motive. Scheunen mit alten Landmaschinen, die zerbrochenen Scheiben in den Giebeln, verwinkelte Ecken, der verwilderte Garten mit dem Tümpel und der vermoosten Holzbank bieten der Vogelwelt mannigfach Unterschlupf und Futterstellen, die Robert ausleuchten kann. Überall wabert der vergilbte Charme vergangener Bauernjahre, ringsum zeigt sich der Stillstand eines Plusquamperfekts, begraben unter Dreck und Staub. Zeitschriften, die Städtern das Landleben schmackhaft machen wollen, sehen in Bernds Hof Romantik, heile Welt und Potenzial für Yogaräume oder Upcycling-Werkstätten. In den Augen der Realisten ist der Hof grandios runtergewirtschaftet und dem Ruin geweiht. Und Bernd ist Realist. So versucht er, mehr schlecht als recht, den Hof als Bleibe für sich, seine sieben Schafe und die zwanzig Hühner zu halten, bis er von dieser Welt verschwinden wird, wie auch die guten Jahre vergangen sind, als der Hof voller Leben war.

Robert hat mit Bernd ausgemacht, den Hof jederzeit für Sessions nutzen zu dürfen. Der Freund sieht mit einem schmunzelnden Staunen zu, wie Robert Futterstellen drapiert, Landemöglichkeiten manipuliert und Köder auslegt, alles für das perfekte Foto eines nächtlichen Vogelbesuchs vom Wald-, Sperlings-, Steinkauz oder der Sumpfohr-, Waldohr- und Schleiereule. Seinem Vater macht Robert weis, er ginge in ihrem Waldstück hinter der Fabrik auf die Jagd, und nimmt dessen Schelte auf sich, ein Jäger ohne Jagdinstinkt und Mannesmut zu sein, wieder und wieder. Bernd ist der einzige reale Mensch, dem Robert sein über die Jahre gewachsenes Archiv atemberaubender Bilder gezeigt hat.

Robert erinnert sich, wie Karin erst die Augenbrauen hochgezogen, dann ein »Echt, jetzt?« geblafft hatte, als er ihr von seinen Plänen erzählte, nachts am Bach fotografieren zu wollen, mit ihr an seiner Seite. Er hatte sich vorgestellt, wie sie gemeinsam im Zelt sitzen, die Decke über die Schultern gelegt, sich wispernd unterhalten, wie sie in die Nacht schweigen, die Atmosphäre genießen und, ja, sich lieben und den Kauz verpassen, sei's drum.

Ihr Lachen, das allein dafür bestimmt war, ihn zu verhöhnen, hat er wieder im Ohr. »Ich bin doch nicht bekloppt und hänge die Nacht in einem ollen Zelt rum! Nee, nee!« Worauf sie sich aufs Sofa gefläzt und den Fernseher eingeschaltet hatte. Das war im Sommer 2006 gewesen.

Einige Jahre zuvor hatten Otto und er die Schuhfabrik verkauft. Ottos Führungsstil alter Schule hatte die Fabrik vierzig Jahre florieren lassen, lockte seit den 90er-Jahren jedoch immer weniger Azubis an, und Robert hatte keinen eigenen Stil entwickeln können, da er nie eine Entscheidung ohne Ottos Mitwirken hatte fällen dürfen. Zudem hatte die Globalisierung vieles durcheinandergewürfelt, und die unaufhörlichen Warenströme, die nun den Erdball on demand umkreisten wie Satelliten im All, befremdeten Otto, genauso wie die Idee, Robert könnte ein guter Chef sein. Doch so schwerfällig der alte Mann bisweilen auf zwischenmenschliche Schwingungen der Moderne reagierte, so scharf und kriegerisch war sein Geschäftssinn. Er handelte einen schockierend hohen Preis für Marke, Patente und Maschinen aus, berief eine letzte Mitarbeiterversammlung ein, erzählte etwas vom Wandel der Zeit, der Chancenlosigkeit gegenüber den großen Playern, von überteuerten Lohn- und Stückpreiskosten, erklärte das Prinzip, wonach sich die Höhe der Abfindungen in Abhängigkeit der im Betrieb verbrachten Jahre bis Jahrzehnte bemaß, sagte Danke und eröffnete ein italienisches Büfett mit Tomate-Mozzarella und marinierten Scampi, von dem kaum einer der Mitarbeitenden etwas anrührte, so ungeahnt, so überrumpelnd waren sie in ihre neue Wirklichkeit gespült worden.

Robert hatte während der Rede neben Otto gestanden, hatte die größer werdenden Augen und das Kopfschütteln der Frauen und Männer in ihren Kitteln gesehen, hatte den Nachklang ungläubigen Flüsterns gehört, während der Aceto Balsamico sich in seine Nase fraß. Er hatte sich an einen anderen Ort gewünscht, aber Otto war hart geblieben – unsere Firma, unsere Entscheidung –, dabei hatte er Robert nichts gefragt, nie. Die Abfindungen waren ordentlich, ließen Raum für neue Zukünfte, aber die Kaltschnäuzigkeit Ottos hielt das Dorf ihm lange vor: »Früher, als seine Frau noch lebte, war der Reepmann ein anderer, ein Netterer. Aber seine Leutchen so mir nichts, dir nichts auf die Straße zu stellen? Soll der Alte doch mit seinem Vermögen versauern.«

Die Lokalpresse verfolgte die Demontage der Maschinen, veröffentlichte Interviews mit vergrämten Arbeitern, zeigte das monströse Vorhängeschloss am Firmentor in Nahaufnahme, dass man sich einbildete, es zuschnappen gehört zu haben. Mit den Jahren wuchs das Unkraut, lösten sich Dachpfannen, gingen Fenster zu Bruch. Die Hauswände wurden bunter und bunter, waren eine Spielwiese für unbegabte Sprayer mit zu viel Angst vorm Erwischtwerden. Bis irgendwelche Kulturenthusiasten das Gelände für berlinähnliche Events kauften, um sich musikalisch alsbald auf den

Geschmack der Dorfdisco-Gänger einzulassen. Allein der elegante Schuh aus Stahl im Firmentor erinnerte noch an den einstigen Arbeitgeber so vieler Generationen.

Zu der Zeit verbrachte Karin den größten Teil ihrer Freizeit auf der Sofalandschaft, auf die sie bestanden hatte, obwohl sie Roberts Wohnzimmer erdrückend klein wirken ließ, und strickte Socken für ihre Nichten und Neffen. Zu Otto ging sie selten, da seine Stänkerei gegen alles und jeden sie runterzog und die beiden sich in der Folge umso mehr angifteten. Nicht nur ihr war das recht so, hatte Otto Robert einst auf dem Weg zur Probe gestanden.

Kein einziges Mal war sie mit Robert zum Fotografieren rausgefahren und interessierte sich auch nicht für die fertigen Bilder. »Diese ollen Vögel«, hatte sie oft zu ihm gesagt und mit den Händen deren Flügelflattern nachgeäfft. Allein die Vorstellung, die Kälte und Ungemütlichkeit auf einem kleinen Hocker in einem mickrigen Zelt aushalten zu müssen, war ihr zuwider, wie sie so oft sagte. Vielmehr war sie der Meinung, dass sie, die überaus viel arbeitete, das Recht auf Komfort und Behaglichkeit habe. Insbesondere weil Robert das privilegierte Leben eines Müßiggängers führen konnte. Dass er und Otto, seitdem die einstige Zugehfrau nach rund zwanzig Dienstjahren gegangen war, keine neue Haushaltshilfe eingestellt hatten, sei nicht ihr Problem. Robert fügte sich ihren Wünschen, was den Haushalt anging, Stückchen für Stückchen, denn noch mehr schlechte Laune im Haus wollte er nicht ertragen müssen – die miesen Schwingungen, die sein Vater verbreitete, reichten ihm. Zudem hoffte er, so ihrem anderen Wunsch entgehen zu können. Unentwegt sprach sie von einer Kreuzfahrt, die sie gemeinsam machen könnten. Mit dem größten Schiff, das auf den Meeren fuhr und ein All-inclusive-Angebot mit allem Pipapo bot. Eine Mittelmeer- oder Ostseetour sollte es für den Anfang sein, so stellte sie sich das vor, forderte haufenweise Prospekte an, die sie ihm beim Essen hinlegte und mit der Messerspitze auf irgendwelche Fotos tippte. »Das wird unglaublich schön, glaub mir.« Robert glaubte ihr genau das nicht. Wie konnte das schön sein, mit so vielen Leuten eng an eng auf einem Stahlding unterwegs zu sein, um hin und wieder an Land geschubst zu werden, eine minutengenaue Tour zu absolvieren, während der man die Authentizität einer Kultur aufsaugen sollte, um – ticktack, die Zeit rennt – pünktlich wieder am Pier zu sein? Er hätte nicht eine Sekunde Ruhe für seine Fotos. Dann lieber der hiesige Wald oder Bernds Hof, auch wenn er wusste, dass er Karin mit seiner Sturheit nur wieder enttäuschte.

Karin war wie aus dem Nichts in Roberts Leben aufgetaucht, wie manch andere Frau vor ihr, wussten sie doch um die monetäre Unabhängigkeit der Reepmanns. Den anderen war indes schnell klar geworden, dass weder Robert noch Otto daran dachten, Geld für Luxus, Schampus oder Reisen auszugeben. Stattdessen lebten sie ihr Leben wie gewohnt weiter, mit Walnüssen, Kakteen, Käuzen und dem wöchentlichen Männersingen. Roberts Liebschaften wurde es schnell langweilig und sie schlichen im Morgengrauen davon. Nicht so Karin. Sie liebte kaum etwas so sehr wie ihren Job bei einem großen Bankinstitut, bei dem sie die statistischen Wahrscheinlichkeiten von Katastrophen, Unfällen und Epidemien und deren Auswirkungen auf die Weltwirtschaft errechnete. Sie lebte in Trennung, ohne die Formalitäten einer Scheidung zu erledigen, und auf Roberts Frage nach dem Warum meinte sie stets, dass sie machen könne, was sie wolle, und er sich nicht einzumischen hätte. Sie pendelte jeden Tag in die Stadt und nistete sich bei Robert auf dem Land für ihr Leben außerhalb der Arbeit ein. Dann wollte sie es komfortabel haben, was Robert vor große Herausforderungen stellte. Frische Blumen, Duftbäder, Heizdecke, Dekoration allerorten kamen ihm genauso überflüssig vor wie Essengehen, Kinoabende oder Wellnesswochenenden. Innerlich wand er sich bei alldem wie ein verletztes Tier, sodass Karin ihn immer häufiger fragte, ob ihm nicht gut sei. Erst als Ottos Bein amputiert wurde und Robert seine Pflege übernommen hatte, war Karin klar geworden, dass sie ihn nicht von diesem Ort loseisen konnte und alles Warten darauf vergebens war. »Wir passen nicht zusammen. Du hast alles, was du brauchst. Aber ich leider nicht«, sagte sie und ging die Auffahrt hinunter, bepackt mit dicken Taschen, die gegen ihre Kniekehlen eierten. In einer steckte das Ticket für das Premiumpaket *Mittelmeer mit Einzelkabine und Balkon*.

Das war im Herbst 2008 gewesen, und Otto hatte tief ausgeatmet, als das Taxi losgefahren war. Erstaunlicherweise hatte sich der Alte an jenem Tag jeden Kommentar verkniffen, weiß Robert noch und erinnert sich, dass er nur ein dumpfes Gefühl von Traurigkeit gespürt hatte, und bei seinem Versuch, die Gemeinsamkeiten aufzuzählen, die ihn mit Karin verbanden, war ihm nur ihre Vorliebe für Loriots Sketche in den Sinn gekommen. Doch die Einsamkeit der Zweisamkeit mit Otto hatte ihn vieles an ihrer Wie-auch-immer-Beziehung weichzeichnen lassen.

Seine große Liebe war ihm vor vielen Jahren abhandengekommen. Robert konnte es nicht erklären, nicht an etwas festmachen, aber eines Tages war Susanne nicht mehr an seiner Seite gewesen. Mit den Worten »Ich liebe dich, aber nicht so sehr, dass ich mein Lachen verlieren möchte« war sie gegangen, hatte sich mit tränennassem Gesicht und unglücklichem Blick in der Auffahrt noch mal zu Robert umgedreht, und als sie merkte, dass der Kerl am Treppenabsatz sich nicht rührte, war sie weitergegangen und um die Ecke verschwunden. Es war das letzte Mal, dass Robert sie gesehen hatte, und er erinnert sich noch an das Gefühl des Festgeklebtseins auf der regennassen Stufe und des gleichzeitigen Zerspringens seines Herzens in abertausend Unglücksmoleküle, die hinter Susanne herrollten und auf halber Strecke im Kies stecken blieben. Das war am Neujahrstag '81 gewesen und das Jahr konnte für Robert nicht mehr schlimmer werden. Wochenlang hörte er ihren gemeinsamen Lieblingssong. Er klammerte sich an Eric Claptons »Wonderful Tonight« wie ein Ertrinkender an ein Stück Treibholz und stellte sich ein Leben vor, wie es mit Susanne, *this beautiful lady*, an seiner Seite hätte sein können.

Sie kannten sich von einer Fete bei irgendwem und waren zum Kiffen in den Garten gegangen, hatten sich vor Lachen gekrümmt, während sie versuchten, den Rauch möglichst lang in sich zu behalten, in der Hoffnung, die Dröhnung wäre so stärker, bis sich der Qualm schließlich durch Mund

und Nase zurück in die Atmosphäre ergoss. Mit den Fingern auf eine imaginäre Weltkarte zeigend, hatten sie die Orte aufgezählt, die sie bereisen wollten. Indien, Ibiza und Nepal waren ihre Favoriten – erst noch Referendariat und Ausbildung beenden, dann könnt's losgehen. »Klar, ich bin dabei«, mit diesen Worten sahen sie sich tief in die Augen, küssten sich, pflückten sich die Kleider von ihrer Haut und liebten sich in der lauen Sommernacht. Beamten sich mit dem nächsten Joint an die Cala Benirrás und lauschten dem Trommeln barfüßiger Hippies, bis der Morgentau der Realität ihre Haut frösteln ließ. Von da an gingen sie miteinander und sahen sich, sooft ihre Ausbildungen es ihnen möglich machten.

War Susanne im Haus, blühte Otto auf, gab sich witzig und gelassen, genoss die gemeinsamen Abendessen, wenn die beiden den Weg aus Roberts Zimmer fanden und der Hunger sie an den Küchentisch trieb, sie bei einem Glas Wein über dies und das plauderten, lachten, debattierten. Alles war gut, denkt Robert wie so oft, wenn er sich an die Leichtigkeit jener Zeit erinnert.

Auf die Schwere, die dann über sie kam, war keiner von ihnen vorbereitet gewesen.

Es war in seinem letzten Jahr als Polizeianwärter, an einem überheißen Sommertag, als ein Bonnie-und-Clyde-Pärchen in die Villa einer steinreichen Familie eingebrochen war. Doch ein Alarmsystem neuester Generation mit direkter Leitung zur nächsten Polizeiwache und ein Hausherr mit Schrotflinte brachten ihre Pläne derart durcheinander, dass sie die Nerven verloren. Auf ihrer Flucht hatten die beiden einen Kleinbus samt Turngruppe entführt und rasten mit ihren Geiseln im Kindesalter über die Dörfer auf der Suche nach einem Ausweg aus ihrer Misere. Den Trainer hatten sie da bereits mit den Worten »Die Bullerei soll sehen, was wir draufhaben« erschossen und auf die Straße geworfen.

Das Polizeiaufgebot bestand aus vier Einsatzwagen, die dem Bus folgten, ohne eingreifen zu können, denn einen Plan, wie so etwas ginge, hatte niemand. Als der Bus mit den bleichen, stummen Kindern, die sich aneinanderklammerten und in ihre Sitze drückten, einen Landgasthof an der Kreisstraße ansteuerten und die Bonnie-Dame zur Toilette gehen wollte, witterte Roberts Chef seine Chance auf Heldentum, Orden und Beförderung. Robert erinnert sich an die Fragmente der Befreiungsszene, die so überaus desaströs endete: Wie der Clyde-Typ mit den blonden Haaren, die ihm in fettigen Strähnen ins Gesicht fielen, einen Jungen aus der ersten Sitzreihe geschnappt und als Schutzschild vor sich hergeschoben hatte und ihn zwang, zwei Colas entgegenzunehmen, die die Wirtin aus dem Fenster reichen musste. Die Waffe hielt er an die Schläfe des zitternden Kindes, das Mühe hatte, die Flaschen zu halten, und erstickt weinte. Wie Roberts Chef, ohne die Kollegen über Funk zu informieren, über den Hintereingang auf die Damentoilette schlich und Robert zwang, mitzukommen, indem er ihn am beigen Hemd mit sich zog und aufgeregt seinen Befreiungsplan vor sich hin stammelte. Wie sie Bonnie mit dem Goldherz am Halskettchen und offener Karottenjeans in der Kabine übermannten, ihr Handschellen anlegten, wie Robert mit ihr auf dem Gästeparkplatz hinter dem Haus warten sollte. Wie die Frau und er sich gegenüberstanden, wie die Hitze um sie herum alles zum Flimmern brachte und ihnen Schweiß auf die Haut pinselte. Wie sie anfing zu schreien und er versuchte, ihr den Mund zuzuhalten. Wie ihr Speichel seine Hand einseifte, wie sie ihn biss und weiterschrie. Wie der Chef vom Chef aus dem Nichts auftauchte und sagte: »Herrgott, Reepmann, machen sie die verdammten Handschellen ab, der Typ dreht durch, wenn seine Frau nicht augenblicklich bei ihm ist.« Dann das Klirren in Roberts Ohren. Wie der kleine Schlüssel aus seinen nassen Fingern glitt, auf das Eisen des Gullys traf und im Dunkel der Kanalisation verschwand. Ihr Blick, ihr hasserfüllter Schrei. Dann der Schuss und wie sie alle zur Vorderseite liefen. Wie ein Mädchen aus dem Bus stolperte und an den Schultern ihres Bruders rüttelte. Wie die GSG 9 die Täter überwältigte, die Geiseln befreite und mit anklagendem Kopfschütteln an Robert vorbei in den Feierabend ging. Wie sein Chef in der Folge in den Innendienst versetzt wurde und er selbst nicht mehr mit der Welt klarkam, den Dienst quittierte und sich in seinen Schuldgefühlen verkroch, bis Susanne ihn verließ. Die Zukunft hätte eine andere sein sollen.

Nun blickt Robert auf ein Leben mit einem mürrischen Vater an seiner Seite zurück, der nie wusste, was zu sagen, wie zu trösten war. Auch nicht bei Roberts Nervenzusammenbruch einige Sommer später, als die Bundesbürger Zeugen eines Geiseldramas wurden, das sich über fünfzig

Stunden hinzog und bei dem es bisweilen schien, als wären die Medien die Geiselnehmer der Geiselnehmer. So surreal, so distanzlos war das, was über die Bildschirme in die Wohnzimmer strahlte: Die Unschuldigen in dem Linienbus, der tote Junge an der Raststätte, die scheinbare Abwesenheit der Polizei – für Robert waren die Ähnlichkeiten zu damals zu groß, seine Schuldgefühle zu überwältigend, weshalb er tagelang keinen Schlaf finden konnte und schließlich nervlich kapitulierte. Die krakeligen Tattoos des einen Täters hatten sich da schon eingebrannt: *My sweet Betty* in Kinderschrift, Peacezeichen und Feuerschwert ließen keinen Raum für Erinnerungen an Susannes zarte Haut. Sein Schmerz über eine Welt, die ihm keine Freiheit von seinen Schuldgefühlen gönnte, war wieder in ihm aufgebrochen wie ein rohes Ei, das zu Boden fällt.

Es klingelt. Dreimal kurz, einmal lang – der Code, mit dem sich Elena ankündigt. Sie hat einen Schlüssel und erwartet nicht, dass Robert zur Haustür mit dem Hagebuttenkranz vom vorletzten Herbst kommt. »Wieso entsorgen? Ist doch noch gut«, hatte Otto Elenas Vorschlag, einen neuen Kranz zu kaufen, widersprochen und auf das Argument, die verstaubten, blassen Farben der Früchte hätten jeglichen Charme verloren, ein »Papperlapapp, da pusten wir drüber und gut ist« entgegnet. So klatschte die Tristesse jedes Mal gegen das dunkle Holz, wenn die Tür ins Schloss fiel.

Als Robert eine zweite Frauenstimme hört, geht er ins Wohnzimmer.

»Ka... wie?«, fragt Otto und reckt sein Ohr vor.

»Kalinka, Herr Reepmaa, meine Cousine Kalinka aus Kasachstan.« Elena schiebt die stabile, kleine Frau Richtung Sofa. Sie muss um die fünfzig sein.

»Moin Tag, Herr Reepmann.« Kalinka streckt Otto ihre Hand entgegen und lacht ihn an. Zwei Grübchen tanzen in der Nähe ihrer Lippen, und Otto kommt nicht umhin, sie anzustrahlen.

»Kalinka, ein schöner Name. Was mit Früchten, nicht wahr?«

»Kleine Beere, stimmt.« Kalinka setzt sich zu Otto aufs Sofa.

»Schön, sehr schön. Robert, fahr du mal Kuchen holen. Wir müssen den Damen etwas anbieten, nicht wahr?« Robert und Elena schauen sich fragend an, heben ihre Schultern als Zeichen der Verwunderung über den alten, ungewohnt charmanten Mann. Im Rausgehen hört Robert noch ein »Und bring etwas Vernünftiges mit, Junge« und schnappt sich schmunzelnd seine Jacke.

»Junge, wo ist mein Schal?«, fragt Otto, als er am nächsten Tag versucht, in das Netz hinter sich zu fassen. Ohne den blauen Schal, den Ruth einst für ihn gestrickt hat, verlässt Otto nie das Haus, da ist er abergläubisch, wenn nicht gar sentimental. »Junge? Wir müssen los.«

»Hier, Vaddern, dein Schal. Warum denn so aufgeregt heute? Ist noch reichlich Zeit.«

»Eben nicht, das ist der letzte Auftritt. Da will ich pünktlich sein.«

»Bist du jemals zu spät zum Singen gekommen?«

»Eigentlich nicht.«

»Dann wirst du damit jetzt auch nicht mehr anfangen.« Robert grinst Otto an. Kalinka kommt die Treppe runter. In ihren Armen trägt sie einen Wäschekorb. Sie lächelt, als sie die beiden Männer an der Garderobe sieht.

»Dann fahren Sie jetzt?«

»Wenn Robert nicht weiter trödelt, dann ja.« Otto knufft seinen Sohn in die Seite und lächelt erst ihn, dann sie an. »Möchten Sie nicht mitkommen?«

Kalinka bleibt stehen, zieht den Korb auf ihre Hüfte. »Herr Reepmann, die Arbeit?«

»Papperlapapp, die kann warten. Wir würden uns freuen, stimmt's, Robert?« Wieder knufft er ihn in die Seite. Robert nickt stumm und eifrig. Diese heitere Stimmung im Haus ist so neu, dass sie ihn verwirrt. Sie hatten Kalinka einen Job angeboten, und sie nahm an. Sie hatten ihr die drei leeren Zimmer im Obergeschoss angeboten und sie hatte sich eine Probezeit erbeten. Wenn es mit ihnen dreien gut liefe, dann würde sie einziehen und sich in Vollzeit um den Haushalt kümmern und Otto Gesellschaft leisten, sodass Robert mehr Freizeit hätte. Elena würde weiterhin zweimal täglich kommen und das Essen von Flitz-Menü nur noch dann, wenn Kalinka freihätte. Otto hatte an alles gedacht und mit den Worten »Mitnehmen können wir alle nichts« zeigte er sich beim Lohn überaus großzügig. Das war gestern gewesen, und seitdem war das Haus weniger dunkel, die Atmosphäre weniger trist, und Otto verbreitete eine gute Laune, die vor langer, langer Zeit mit Ruths Tod ausgezogen war.

Mit einem »Apropos Beeren, wir könnten nächste Woche doch einen neuen Hagebuttenkranz besorgen, was meinen Sie, Kalinka?« verlassen die drei das Haus. Der Oktobertag ist herrlich mild und sonnig.

Carl

»So, denn. Bis die Tage.« Carl steht vor der Kneipe. Er hört, wie Roberts Wagen wegfährt und es still um ihn wird. Er zieht die kalte Luft durch die Zähne, merkt, wie seine Zunge antrocknet, und schließt die Augen. Er liebt diese Luft. Sie riecht klar und neu. Er zieht seine Mütze aus der Stirn, will die Brise im Gesicht spüren. Es ist diese Luft, die eine andere Dichte zu haben scheint und sich intensiver und zugleich leichter anfühlt. In dieser Luft hatte er Clara zum ersten Mal geküsst und etwas vom Glück gespürt, von dem alle Welt unentwegt plauderte. Er zieht den Reißverschluss seiner Jacke hoch und tritt zum letzten Mal seinen Heimweg von der Probe an. Unzählige Male ist er diesen Weg gegangen, in allen Gemütslagen und mit unterschiedlichen Promillewerten. Er lässt sich Zeit, denn da ist nichts, für das sich Eile lohnen würde.

Aber wir wussten es nicht besser, denkt Carl, wie so oft. Er sagt es zu sich selbst, wie die Rechtfertigung eines arglosen Kindes. Und arglos – so sieht Carl das – waren sie alle gewesen und mussten seitdem mit der grausigen Szene im Kopf leben. Mehr als vierzig Jahre sind die Bilder von jenem Tag alt und um keinen Deut blasser geworden. Bei ihm selbst nicht und bei den anderen auch nicht, da ist er sich sicher.

Es vergingen nicht viele Tage, an denen er nicht an Arik

denken musste. Arik Schiemann, der Tenor im Chor. Seine Stimme hatte so klar, so rein geklungen, dass einem stets der Atem stockte und die Augen sich weiteten. Er sang die Soli mit einer Anmut und Präzision, die nicht in einen Männerchor auf dem Lande, sondern auf die großen Bühnen dieser Welt gehört hätten. Wenn Arik aus der ersten Reihe einen Schritt vortrat und sang, hatte er stets die Augen geschlossen und seine Stimme legte sich über die Männer wie ein frisch gewaschenes Laken. Er öffnete die Augen erst, wenn er seinen Part beendet hatte und sich stimmlich zu den anderen gesellte. Es schien jedes Mal, als kehre er von einem anderen Ort zurück. Nach den Proben gingen sie zu Rosalie, allen voran Arik. Er war der Spaßmacher der Runde, nicht prollig, nicht penetrant, vielmehr kitzelte er elegant aus jeder Situation einen Witz hervor, und wenn die anderen gehen wollten, nahm er, unter den gespielt strengen Blicken von Rosalie, die Uhr von der Wand und drehte sie so weit zurück, dass sich der Abend verdoppelte.

Schön waren diese Stunden gewesen und keiner hatte an der Echtheit seiner guten Laune gezweifelt. Mit der Zeit hatten sich die Perioden gehäuft, in denen er untertauchte, sich nicht blicken ließ. Für Tage, für Wochen. Wenn sie sich erkundigten, war seine Frau stets wortkarg und sagte durch die halb geöffnete Haustür, er schlafe, habe Kopfschmerzen, fühle sich unwohl, und hatte mit ihren Blicken darum gefleht, nicht weiter zu fragen, nicht mehr vorbeizukommen. Es war ihr anzusehen, dass sie nicht wusste, was sie hätte sagen können, ohne ihrem Mann in den Rücken zu fallen. Als dem damaligen Chorleiter Ariks Unzuverlässigkeit zu viel wurde, ernannte er einen anderen zum Solisten und hatte den langen, schmalen Arik vor allen anderen mit den Worten »Herrgott, was für eine Verschwendung von Talent!« abgewatscht.

Die Male, die er fortan zu den Proben kam, wurden seltener. Wenn er da war, war es vor allem seine Stimme, die präsent gewesen war, er selbst schien abwesend zu bleiben. Keine Fantasie dieser Welt schien groß genug, ihm ein Lachen abzuringen, weder Stan noch Ollie sprangen ihm bei. Wenn Carl und die anderen es schafften, ihn in die Kneipe mitzuschleppen, war er nicht bei der Sache, scherzte nicht, stellte die Uhr nicht um. Der Clown in ihm war ausgezogen.

Eines Abends bei Rosalie war Arik wieder einmal abwesend und stumm gewesen. Sie hatten an ihrem Stammtisch gesessen. Kein Gespräch überdauerte lange, traurig hatte Arik ausgesehen, während er unentwegt sein Bierglas mit den Fingern drehte. Sein Haar war fettig gewesen, der Pullover hatte etwas Traniges ausgedünstet, schwarze Ränder zeichneten unter den Fingernägeln schmutzige Halbkreise. Mit einem Mal hatte Arik das Glas von sich geschoben, die Arme auf der Tischplatte verschränkt und sein Gesicht darin vergraben. »Meint ihr, dass es wieder anders wird?«, hatte er in seinen Pullover gefragt, und Carl erinnert sich, wie er und die anderen sich irritiert angesehen hatten. Auf die Frage, was los sei, hatten sich die Schultern in Ariks Armknoten langsam gehoben und gesenkt: »Alles ist so unendlich dunkel. Ich kann nicht mehr.« Dann hatte sein Oberkörper angefangen zu beben. Otto und Hugo hatten sich umgeschaut, ob jemand sie beobachtete. Ein Mann weinend in der Kneipe? Ihre Blicke verrieten, wie unangenehm ihnen die Szene war. Derweil hatten Hans und Carl ihren Freund in die Seite geknufft und etwas geschwafelt wie sich nicht gehen lassen, ganzer Kerl sein, sich durchbeißen, schließlich sei das Leben kein Wunschkonzert, und dabei aufmunternde Geräusche gemacht, die deplatziert über den Tisch kullerten.

Nach einer Weile hatte Arik seinen Kopf gehoben, sie mit einem Blick angeschaut, der Bände gefüllt hätte, gäbe es nur eine Sprache für seine Gefühle. So bettelten seine Augen stumm um Hilfe. Dann war er aufgestanden und gegangen.

»Aber wir wussten es nicht besser«, murmelt Carl zu seiner Verteidigung vor sich hin und überquert den Marktplatz. An den Laternen hängen schmutzige Spinnweben, die Abfalleimer mit Collagen verblichener Aufkleber leuchten öde im Lichtkegel. Die Tischtennisplatte aus Beton mit dem Blechnetz, das gepflasterte Schachbrett, Pferdchen auf Sprungfedern drücken sich entlang des Weges wie gelangweilte Jugendliche. Carl erinnert sich, wie Hugo, Hans, Otto und er am Silvestertag durch den Schnee gestapft waren, nachdem Ariks Frau sie um Hilfe gebeten hatte, da sein Bett am Morgen leer gewesen sei. Sie waren ziellos unterwegs gewesen, hatten versucht, die eisige Kälte zu ignorieren, hatten sich gegen den Schneesturm gelehnt und über Stunden ihren Freund gesucht. Wo steckte er nur bei diesem Wetter? Es war Hugo gewesen, der Arik als Erster gesehen hatte, wie er auf einer Bank an einer Anhöhe mit Blick auf das Dorf saß. Die nackten Füße steckten in Hausschuhen, die Pyjamahose flatterte um seine Knöchel, der nachtblaue Morgenmantel mit den roten Streifen umhüllte den zusammengesunkenen Körper. Der Kopf lag auf der Brust, der Wind zerrte an den blonden

Haaren. Der Schnee umtoste ihn und verfing sich in seinem Schoß. Ein Anblick, der einsamer und verlorener nicht hätte sein können. Das war 1978 gewesen, und der Jahreswechsel ging einher mit einer Extremwetterlage aus Kälte, Schnee und Sturm, wie sie es bis dahin noch nicht erlebt hatten.

Auf Ariks Beerdigung, die verschoben werden musste, weil der Schnee zu hoch lag, um in die Tiefe zu graben, spielte Martin wieder Schuberts *Auf dem Strom* und die Männer sangen einen Hauch leiser als sonst, denn das Horn trug schon genug Traurigkeit in die ungeheizte Trauerhalle. In ihren Atemwolken schien der Abschied wie in einem Brief geschrieben zu sein, in der Hoffnung, die richtigen Worte gefunden zu haben.

»Wehmutstränen sanft zu bringen,
Kann kein Lied vom Ufer dringen;
Nur der Sturm weht kalt daher
Durch das grau gehobene Meer!«

Am Ende des Stücks hatte es ausgesehen, als würde Martin anfangen zu weinen. Mit gepresster Stimme hatte er gesagt: »Gegen das Lampenfieber, egal wo du jetzt gerade singst.« Und Hugo, Otto, Hans und Carl war sofort klar gewesen, dass Martin ein Stan-Laurel-Weinen nachmachte. Sie hatten ihre Hüte gelüftet und sich am Kopf gekratzt, wenn auch dezent.

Ihre späteren Versuche, über Arik und seine Depressionen, über die Bilder, die sie seit jenem Tag in ihren Köpfen hatten, über ihre völlig falschen Ratschläge und fehlende Empathie zu sprechen, endeten stets in hilflosem Schweigen.

Carl schließt seine Haustür auf und hat Arik vor Augen, wie er ein Solo singt, wie er die Augen geschlossen hält, während seine Stimme den Raum mit Schönheit und Licht erfüllt, wie er lächelt, bevor er seine Augen öffnet.

Am nächsten Morgen sitzt Carl seiner Frau Hilde gegenüber am Frühstückstisch und wäre lieber an einem anderen Ort. Er hat schlecht geschlafen wegen der neuen Realität, jetzt ohne sein geliebtes Hobby weiterleben zu müssen. Hilde wettert in einer Tour, er ignoriert es, bis er hört, wie sie mit ihrer Hand auf den Tisch haut. »Hörst du mir etwa nicht zu? Wehe dir!« Sie würde wütend werden, wenn er jetzt nicht aufpasste, das weiß Carl. Was er falsch gemacht, welchen Einsatz er verpasst hat, weiß er hingegen nicht, aber die Situation ist ernst. Deswegen steht er auf und geht. Er ist im Flur, als Hilde ein »Wie heißt das, du elender Träumer?« aus der Küche ruft und er ein »Entschuldigung« antwortet, wofür auch immer. Carl hört noch ein »Jaja, geh nur zu deiner ollen Clara« und geht in den Keller. Die kalte Neonröhre flackert, die Stufen knarzen, das Geländer ist das Provisorium geblieben, als das es einst gedacht war: einfache Alustange zwischen zwei Stützen, nicht schön, aber es hält. Erst die wichtigen Dinge beim Hausbau erledigen, dann die Kür. Das war vor mehr als fünf Jahrzehnten gewesen. Menschenskinder. Die Decke ist niedrig und aus rauem Beton. Obwohl er aufrecht stehen könnte, duckt er sich leicht, man weiß ja nie. In der Waschküche halten sich die Gerüche von gebrauchter und frischer Wäsche die Waage und ergeben eine diffuse Melange. Dahinter ist der Werkzeugraum mit irrwitzig vielen Schrauben, Nägeln, Ösen und Nieten. Jede Sorte, jede Größe hat ein Schublädchen in den Hängekästen, die die ganze Wand einnehmen. »Verdammt, verdammt, verdammt.« Carl murmelt die Worte wie ein Mantra, während er mit schnellen Griffen zehn, zwanzig Läden rauszieht und auf der Arbeitsplatte auskippt. Mit zwei Stangen mischt er die Kleinstteile wie einen Salat und fängt an zu sortieren. Jede Größe, jede Sorte wieder ins eigene Kästchen. Tränen der Scham suchen sich ihren Weg durch die zahlreichen Falten, »verdammt, verdammt«.

Carls Leben hätte ein anderes sein sollen. Er malt es sich jeden Tag aus, lebt im Geiste in dieser Parallelwelt. Wenn Hilde unentwegt wettert, hört er Claras Stimme, sanft und warm wie ein Sommerhauch. Wenn Hilde ihm droht, hält Clara seine Hand und zieht ihn fort. Wenn Hilde ihn an ihren ganz schlimmen Tagen haut oder kneift, küsst Clara die Flecken entlang der Rippen und Nieren, »sch, sch, das wird schon wieder, mein liebster Schatz«.

Hilde war nicht immer so. Zugegeben, das Mütterliche war nie ihre Stärke, aber ihre Strenge und Rechthaberei hielten sich anfangs in Grenzen. Dafür konnte sie an guten Tagen kluge Witze reißen, lauthals lachen und half, wo sie konnte. Sie ging mit seinen Zwillingen Moni und Adam auf Schatzsuche in den Wald, schaukelte mit ihnen um die Wette und spielte Verstecken. Sie war das dritte Kind im Bunde. Mussten Moni oder Adam getröstet werden, weil das Knie blutete oder die Hand brannte, kam es ihr aber nicht in den Sinn, die Kinder, die nicht ihre eigenen waren, in den Arm zu nehmen.

»Dummes Kind, wegen dir ist jetzt der Spaß zu Ende, du bist schuld!«, sagte sie stattdessen und stapfte nach Hause. Die Kinder folgten ihr mit etwas Abstand und hielten sich ängstlich an den Händen.

Anfangs bekam Carl nichts davon mit, seine Kinder erwähnten keinen dieser Vorfälle, und er war tagsüber in der Apotheke, dosierte Medizin, rührte Salben an, verkaufte Tees und Elixiere. Er liebte seinen Beruf und das Geschäft. Seit dem Studium hatte er davon geträumt, dass Clara jeden Tag neben ihm am Tresen stehen, mit ihrem Wissen die Kunden beraten, Bestellungen ordern und ihn zwischen den Apothekerschränken küssen würde. Stattdessen machte er die Arbeit allein und war selten zu Hause. Die Apotheke war auch ein Grund gewesen, weshalb Carl damals rasch eine neue Frau geheiratet hatte. Die Kinder waren klein und Claras Mutter zu alt. Dann eben ein Leben mit Hilde.

Die Kinder schlug sie nie, das haben Moni und Adam ihm später versichert. Was ihnen Angst gemacht habe, sei der blitzschnelle Wechsel zwischen Friede-Freude und fluchender Garstigkeit gewesen, Essensentzug nicht ausgeschlossen.

»Mit eurer richtigen Mama wäre alles anders gekommen«, war das Einzige, was Carl seinen Kindern in solchen Gesprächen sagen konnte, gefolgt von einem Schulterzucken stummer Verzweiflung. Und die Kinder, inzwischen erwachsen und in andere Länder ausgewandert, glaubten ihrem Vater. Ob Hilde *ihm* körperlich etwas angetan habe, in all den Jahren? Carls Lippen blieben geschlossen, sein Blick auf den Fußboden gerichtet. Ein Kopfschütteln folgte, das Raum für Spekulationen ließ, aber keine Worte fand. »Pass auf dich auf,

Papa, wir haben dich lieb«, sagten die Kinder und ließen ihn wieder in seinem Leben mit Hilde zurück.

CC, edel wie Coco Chanel, haben sie einst gewitzelt. CC, Clara und Carl. Das war etwas Wunderschönes gewesen und hatte Jahrzehnte zu früh geendet. Als Clara auf Carls Lebensbühne erschien, selbstsicher und schön, die ihm zulächelte, offen, klug, voller Mut war, wurde ihnen schnell klar, dass sie auf ewig zusammengehören würden. Nichts schien sie beide aufzuhalten. Nach dem Ende seines Studiums und ihrer Ausbildung eröffneten sie eine Apotheke. Die Kastanie vorm Eingang gab ihr den Namen. Im Neubaugebiet bauten sie sich ein Haus, klotzten rein, schufteten viel und lachten ihre wunden Rücken mit Leichtigkeit fort, wie es nur jungen Menschen gelingt. Vier Jahre später gesellten sich ihre wunderschönen Zwillinge Adam und Moni dazu. Seine Freunde waren nach deren Geburt zu Besuch gekommen, hatten sich mit ihm und Clara gefreut. Arik hatte an den Wiegen gestanden und leise in seiner schönsten Stimme »*Here comes the sun, here comes the sun*« gesungen und den Zwillingen versprochen, er würde ihnen auch in Zukunft die neuesten Hits seiner Lieblingsband vorsingen. Feierlich hatte er dreingeschaut, und Carl machte ein Foto von diesem Moment, hielt ihr Glück fest, das sich anfühlte wie eine nicht enden wollende Umarmung. Alles war gut. Es war das richtige Leben gewesen.

Ein Tock-tock-tock, laut und unbarmherzig. Hilde hämmert mit dem Besenstiel zum Rapport. Einfach durch die Kellertür, vorbei am kleinen Essigbaum durch die Gartenpforte gehen und in ein anderes Leben schlendern? Wenn es doch so einfach wäre. Carl knirscht mit den Zähnen, schnappt sich den Hospitalbutler und die Hautschutzcreme und kniet sich zu Hildes Füßen. Sind die viel zu strammen, geradezu unmenschlichen Strümpfe endlich über ihre Beine gezogen, ist sein Morgendienst beendet.

Seit fünf Jahren lügt Carl. Er sagt Hilde, er habe Zucker und der Arzt habe ihm ausgiebige Spaziergänge verordnet, täglich, ohne Ausnahme. Carls erschlichene Auszeit. Zwei Stunden frei atmen, ohne ihren muffigen Geruch, ohne ihre Stimme, die ihn an Styropor erinnert, ohne Demütigungen und Gezeter.

Die Tochter seiner Nachbarin Gabriele hat deren Vorgarten in eine Steinwüste verwandelt: Grob- und Feinschotter neben polierten Findlingen ergeben parallel verlaufende Wellenlinien, in deren Mitte zwei Stämmchen mit Minimalgrün stehen. Welcher Art, weiß Carl nicht und erinnert sich, wie Gabriele einst ihre Rosen und Hortensien hingebungsvoll pflegte und wie sie beide oft am Gartenzaun einen Plausch hielten. Der Dreck klebte an ihren Händen, störrische Haarsträhnen wischte sie mit dem Unterarm aus dem Gesicht und sah glücklich aus. Heutzutage muss sie selbst gepflegt werden, die Tochter entscheidet über ihren Kopf hinweg und will es nicht nur im Garten pflegeleicht.

Das Haus von Rita und Jürgen am Ende der Straße: Früher war alles topgepflegt, jetzt ist das Pflaster rissig und bietet allerlei Gewächs ein Zuhause. Der Sohn ist beim Heckenschnitt rabiat zu Werke gegangen. Er wohnt am anderen Ende der Republik, hat nie Zeit und stets ein Handy am Ohr, ist Mister Wichtig bei einer Firma für Online-Irgendwas. Er zeigt offen seine Abneigung allem Ländlichen gegenüber und verwechselt augenscheinlich die Bescheidenheit seiner Eltern mit Dummheit. Der Ärger darüber nagt an Rita und Jürgen. Anderen Leuten gegenüber geben sie sich indes stolzgeschwellt: »Er ist ein toller Junge, immer fleißig und hilft uns, wo er kann.« Für die Wahrheit sind die beiden zu alt und machen gute Miene zum bösen Spiel. Carl weiß das und fühlt mit ihnen.

Carl nimmt die Abkürzung über den Spielplatz, vorbei am ehemaligen Busbahnhof mit den kleinen Unterständen, vorbei am Haus des einstigen Lehrers, der den Kindern Denkaufgaben gab, um dann zu seinem Schnapsdepot im Keller der Schule zu gehen und sich einen Schluck zu genehmigen – alle im Dorf wussten von seinem hochprozentigen Geheimnis, aber niemand sagte etwas, da er gut zu den Kindern war. Vorbei am Laub, das auf einem Kindertrampolin kreiselt, vorbei an penibel gestapelten Holzscheiten, die an Garagenwänden lehnen.

Die Klinke des Tors fühlt sich an wie eine Muschel. Der schwarze Lack blättert von den Streben. Mit einem Scheppern, das unanständig laut ist für diesen Ort, fällt die Pforte ins Schloss. Carl geht den Hauptweg hinunter, zu beiden Seiten liegen die Seelen der Vergangenheit in Reih und Glied. Grablampen aus Messing, Erika und Stiefmütterchen, Engel und Herzen, Trittplatten aus Schiefer, Grabsteine in allen Formen – jedes Rechteck hat sein eigenes Gesicht.

Unter der Weide liegen die ehemaligen Geistlichen der Stadt, vier Reihen dahinter Clara. Grauer Granit, kupferne Buchstaben und Zahlen. Jede Letter für sich belanglos, in ihrer Gesamtheit markerschütternd. Der Geruch von Erde und Rindenmulch steigt Carl in die Nase, und er erinnert sich: Regenschirme, Tränen, der Kloß im Hals, der sich dort festgesetzt hatte, um keine Worte zuzulassen, die Rose, die sich im Fallen zweimal drehte, bodenlose Gedanken. Er stellt sich an die Granitleiste, die das Grab rahmt, die Schuhspitzen docken an ihr an, es ist seine Art, mit Clara Kontakt aufzunehmen.

»Schatz, stell dir vor, er will uns seine Unterlagen schenken. Er meint, sie seien bei uns in den richtigen Händen, wir seien jung und könnten das alte Wissen am besten weiter nutzen«, hatte Clara gesagt und ihm von Herrn Trodée erzählt, einem Apotheker ohne Nachkommen, ohne Nachfolger und in der Notlage, seinen Laden wegen des beginnenden Alzheimers aufgeben zu müssen. Gegen das Vergessen sei kein Kraut gewachsen, habe er gesagt. Clara war voller Energie gewesen, ihre Wangen glühten, sie zappelte aufgeregt wie ein Kind, das vor seiner Geburtstagstorte sitzt. »Stell dir vor, seine Aufzeichnungen sind zum Teil über einhundert Jahre alt.« Carl hatte sich vorgestellt, wie ihre Finger über die Seiten glitten, zaghaft, als wären sie aus Engelshaar, wie sie die Oberlippe zwischen ihre Zähne klemmte und wie sie ihm alles erzählen würde, was sie Faszinierendes herausgefunden hatte. Allein diese Vorstellung hatte ihn sagen lassen: »Gute Idee, mein Liebling. Du solltest direkt zu ihm fahren.« Claras Begeisterung war wie ein Sonnentag im Mai.

Es regnete in Strömen, als Carl sie zum Bahnhof brachte. Sie musste sich beeilen, der Zug würde jeden Moment losfahren. »Sei vorsichtig, ich liebe dich«, sagte Carl, als sie ausstieg. Ihr Lächeln war voller Vorfreude. Die Wagentür schlug zu, ein kurzes Winken, sie war weg. Ein Königreich für einen letzten Kuss, hat Carl oft gedacht. Er fährt mit der Fußspitze die Steinleiste entlang. Gegen das Nichtloslassenkönnen ist kein Kraut gewachsen.

Am Abend waren Polizeibeamte in sein Haus gekommen: »Herr Donner, es gab ein Unglück. Ihre Frau ist in der Stadt in eine Baugrube gestürzt. Die Baustelle war unzureichend abgesichert, die Abbruchkante vom vielen Regen aufgeweicht ... Nun ja, Ihre Frau hatte keine Chance. Sie ist noch an Ort und Stelle verstorben. Eine Zeugin hat ausgesagt, dass Ihre Frau von einem Mann brüsk angerempelt worden sei. Der Mann war nicht auffindbar gewesen.« Der jüngere der beiden Polizisten sagte: »Quasi wie Fahrerflucht, nur ohne Auto.« Carl hatte den Hauch von Stolz für diesen Vergleich um seine Lippen bemerkt. »Hier ist das Päckchen, das sie bei sich hatte.« Sie legten die Unterlagen auf den Tisch, drehten ihre Mützen aus Verlegenheit, wiederholten ihr Beileid und gingen. Die Zwillinge waren gerade acht Monate alt und warteten in ihren Wiegen auf den Geruch ihrer Mama, ihre warme Stimme, ihr zartes Streicheln über die Köpfchen.

Seit 1970 setzen Claras Lebensdaten Patina an. Das Türkisgrün verrät den Lauf der Zeit. Wie sollte Carls Inschrift jemals den gleichen Farbton erreichen? Der Grabstein würde den Makel ihres nicht gemeinsam gelebten Lebens verraten, indiskret und für jeden sichtbar. Gegen das Schicksal ist kein Kraut gewachsen.

Lange konnte Carl die Unterlagen von Herrn Trodée nicht

in die Hand nehmen. Unerträglich war es für ihn, sie ohne Clara zu lesen, zu schmerzlich die Nähe zu ihr, die nicht da war. Das Unbehagen verlor sich, je größer seine Pein mit Hilde wurde. Nach Ladenschluss kramte er eines Abends das Paket hervor und pustete den Staub fort. Auf dem Kuvert waren die Regentropfen von einst noch sichtbar, die welke Stellen ins Papier gedrückt hatten. Sacht fuhr er mit den Fingerspitzen darüber und bildete sich ein, es seien Claras Tränen. Ein tröstlicher Gedanke nach all der Zeit. *Die Macht der Natur, Heilkunde der Kräuter und Wildpflanzen*, stand in Sütterlin geschrieben, kunstvoll geschwungen und preußisch korrekt. Die Aufzeichnungen mit eigenhändigen Skizzen und Illustrationen, zahlreichen Rezepturen und Ratschlägen zogen ihn mehr und mehr in ihren Bann. Carl lernte viel Theorie und streifte durch Feld und Wiesen auf der Suche nach Kräutern, experimentierte mit Tropfen, Salben und Tinkturen. Ein Hauch von Macht erfüllte ihn, setzte die versprochene Wirkung ein. Seine neue Leidenschaft teilte er im Geiste mit Clara, in der realen Welt verschwieg er sie tunlichst.

Es hatte schleichend begonnen. Mal wies Hilde ihn brüsk zurecht, mal fiel sie ihm herrisch ins Wort, mal nannte sie ihn einen Versager oder Idioten. Die anschließende Entschuldigung »Oje, war nicht so gemeint« entfiel bald gänzlich und ihre episodischen Ausfälle waren nur mit viel Wohlwollen in die Kategorie Gardinenpredigt einzuordnen. Um überhaupt so mit ihr weiterleben zu können, sagte Carl sich, dass sie auch ihre guten Seiten hatte und früher einmal ganz anders war. Doch die Trauer um ihre ungeborenen Kinder und ihr Entschluss, es nicht weiter versuchen zu wollen, zahlten auf das Konto des Grolls ein.

Carl sah die Veränderungen und bebte innerlich bei jeder ihrer Wortlawinen. Gerne hätte er zu den Kindern gesagt: »Kommt, wir gehen fort und lassen diese Frau allein.« Bei jedem Versuch, genau das zu tun, rasselte die Gefängniskette der eigenen Erziehung. Carl blieb und ertrug die Attacken. Man ist der, der man ist.

An manchen Abenden waren die Zwillinge aufgewacht, drückten sich voller Angst an den Türrahmen, bis Carl sie durch die Tränen sah, die er weinte, weil ein Leben mit Clara nicht mehr möglich war. Er nahm sie an ihren Händchen, sang ihnen *»Aber Heidschi Bumbeidschi, nicht weinen. Ein Stern leuchtet nicht nur für einen«* und wickelte die Decke etwas fester um ihre Schultern, ein Schutzschild aus Daunen und Vaterliebe. Ihre Augen verrieten, dass sie ihm glaubten, und er schämte sich dermaßen, dass er beinahe ohnmächtig wurde.

Die Gewalt ist ein nimmersattes Monster. Daran wurde Carl mit jeder neuen Eskalationsstufe erinnert. Als die artikulierten Schläge, was für ein Trottel er sei, nicht mehr ausreichten, warf Hilde Dinge nach ihm. »Du Kröte, kannst mir kein anständiges Leben bieten, nicht mal gegen einen Schiffsschaukelbremser kannst du anstinken! Nichts kannst du.« Carl hatte gelernt, dass Widerworte die denkbar schlechteste Option waren. Stattdessen duckte er sich, so weit es ging, gab sich freundlich, damit sie sich beruhigen würde, und fragte zuckersüß, ob er ihr, seiner liebsten Prinzessin, einen Tee kochen solle. Mit jeder Demütigung starb etwas in Carl und er zog sich mehr und mehr mit seiner Clara in sich zurück. Als Hilde dazu überging, ihn in ihren argsten Momenten zu schlagen, nahm er das Erbe von Herrn Trodée an.

In einer größeren Stadt wäre in jenen Jahren ein Entkommen aus dieser Ehe denkbar gewesen, eine Anzeige wegen häuslicher Gewalt gar realistisch, jedoch nicht dort, wo jeder jeden kennt – so sah Carl das. Wie sollte er weiterhin in der Apotheke stehen und sich ständig fragen, was die Kunden über ihn dachten? Er könnte es nicht ertragen, dass sie insgeheim nach Abschürfungen oder blauen Flecken suchten oder nur aus Mitleid bei ihm einkauften. Wie sollte er mit seinem Chor auftreten und nicht Getratsche argwöhnen, sobald zwei im Publikum ihre Köpfe zusammensteckten? Wie sollte er mit seinen Sangesbrüdern unbeschwert ein Bier trinken, ohne ihnen zu unterstellen, dass sie ihn für einen Schwächling hielten? Und würden nicht alle daran zweifeln, dass Frauen überhaupt gewalttätig sein können? Gegen ein Tabu kommt der Einzelne nicht an, hatte Carl damals entschieden und die Kinder zum Schutz vor Hilde in ein Internat geschickt. Sollte sich die nächste Generation um gesellschaftliche Aufklärung kümmern.

»Bis morgen, meine liebste Clara«, sagt Carl kaum hörbar und geht zum Ausgang. Zwischen akkuraten Beetflächen sieht er etliche verlassene Gräber, die mit den Jahren zahlreicher geworden sind. Sie fallen auf, zeigen sie doch öffentlich zerrüttete Familienverhältnisse, weggezogene Verwandte, vermeintlich egoistische Söhne und Töchter, die nur auf das Erbe geschielt hatten. Sollte er Hilde überleben, wird er sie anonym beerdigen lassen und behaupten, sie habe es ausdrücklich so gewollt. Warum, wisse nur sie und der liebe Gott, und da das mit dem letzten Willen eine ernste Sache sei, würde er sich an die Verabredung halten.

Auf dem Friedhof war es auch, wo Carl und Hilde sich das erste Mal begegneten. Die Erde auf Claras Grab war noch angehäuft und die Kränze verströmten den Duft nach frischen Tannenzweigen und Koniferen. Hilde stand an einem ebenso frischen Grabhügel, ein paar Reihen weiter, direkt am Hauptweg. Als Carl an ihr vorbeilief, waren sie ins Gespräch gekommen, wie es wohl nur Trauernde können. Mit stoischer Stimme behaupteten sie, dass das der Lauf des Lebens sei, man nichts dagegen ausrichten könne und das Schicksal sehr zielgenau treffe, wenn auch oft die Falschen. Dabei sagten ihr Stirnkräuseln, ihre brüchigen Stimmen und alles in ihren Blicken, dass sie keines ihrer eigenen Worte glaubten und die neuen Lebensumstände lieber mit Geschrei zum Teufel gejagt hätten. Hildes Tante war es, die zu ihren Füßen in der Erde lag. Über achtzig Jahre alt war sie geworden und hatte all ihre nahen Verwandten überlebt. Alle außer Hilde. Diese hatte die alte Dame gepflegt und sich um die Beerdigung gekümmert. Es gab für sie keinen Grund mehr, in ihr altes Leben im Westerwald zurückzukehren. Es wartete dort niemand auf sie. Weder jemand aus der Familie noch ihr Verlobter, der sie vor Kurzem für eine andere verlassen hatte. Die wenigen Freunde, die sie hatte, waren austauschbar, und so war sie am nächsten Tag für einen Plausch in die Apotheke gekommen und in den folgenden Tagen auch. Ihre Gespräche taten ihnen beiden gut, dessen war sich Carl sicher gewesen. Sie teilten das Gefühl des Verlorenseins. Hildes Art, trotz dieser Einsamkeit unerschütterlich zu bleiben, gab ihm Kraft für ein Leben ohne Clara. Sie zog in die Wohnung ihrer Tante, die ihr ein wenig Geld hinterlassen hatte. Sie trafen sich in seinen Mittagspausen, Hilde half ihm hier und da, er lud sie zum Erntedankfest ein, bei dem er mit seinem Chor sang, und stellte sie Hugo, Otto, Hans und Arik vor. So waren sie behutsam zu einem Paar geworden, dessen Gefühle füreinander langsam und kontinuierlich zunahmen. Im Winter hatten sie geheiratet, und Hilde war in das Haus gezogen, das Carl einst für ein anderes Leben gebaut hatte. Mit den Jahren war ihm klar geworden, dass die Kurve ihrer Beziehung damals bereits ihren Scheitelpunkt erreicht hatte.

Hildes spätere Wut setzte sich zusammen aus der Trauer über die Fehlgeburten, die sich wie eine Klette an sie heftete, dem Gefühl, der heiligen Aura Claras nichts entgegenhalten zu können, und dem fehlenden Willen, etwas Sinnvolles mit ihrem Leben anzufangen. Das hatte Carl nach und nach begriffen. Von den Eltern stets kleingehalten und in dem Glauben aufgewachsen, der Mann habe für den Wohlstand zu sorgen, die Frau für den Haushalt und die eigenen Kinder, ging sie keinen Zentimeter mit der Zeit. Sie war ganz das Kind alter Eltern, die über das Maß konservativ und altmodisch gewesen waren und Hilde so wenig Freiraum gelassen hatten wie ein zu eng geschnürtes Korsett. Diese Erziehung hat sich tief in ihr Bewusstsein eingeschrieben. Sie nahm die Verhaltensmuster als alternativlos und schien auch nichts daran ändern zu wollen. Nicht gestern, nicht heute, nicht irgendwann, und so war dieses eine Leben rasch einzementiert in den Traditionen ihrer Vorfahren, die alle längst unter der Erde lagen und deren Urteil sie nicht mehr hätte fürchten müssen. Dabei hätte Carl sie nie daran gehindert, berufstätig zu sein. Hatte ihr den ein oder anderen empfohlen, der eine Sekretärin oder Verkäuferin suchte, hätte ihr eine Ausbildung oder Abendschulkurse bezahlt, sie bei einer Selbstständigkeit unterstützt. Insbesondere als ihr keine eigenen Kindern vergönnt waren, hätte er sich gewünscht, sie wäre weniger von ihm abhängig. Aber sie wollte nichts annehmen. »Außer«, sagte sie in dem Wissen, dass Carl ihr keinen Zentimeter von Claras einstigem Refugium zugestehen würde, »ich könnte in der Apotheke arbeiten.« So brachte sie es fertig, ihr Unvermögen zu seinem Dilemma zu machen und ihn für all ihre unerfüllten Wünsche abzustrafen: »Mein Mann wollte nie, dass ich arbeite«, sagte sie bei jeder Gelegenheit. Damit war der Rahmen gesetzt, und ihre Dilemmata tanzten seitdem um das Fegefeuer – Runde für Runde, ohne Ausweg. Gegen die Wut ist kein Kraut gewachsen. Carl hat es in Trodeés Unterlagen gründlich recherchiert. Es gab kein Heilmittel, das er hätte anrühren, mixen, destillieren können, und mit den Jahren schwante ihm, dass die Lösung im Entgegengesetzten lag.

Für den Weg zurück geht Carl durchs Zentrum. Da sind die fünf Stufen zum kleinen Laden für Wolle und Stoffe. In der Auslage liegen vergessene Wollknäuelpyramiden, Stricknadeln und -hefte. An der Stele lehnen zwei überalterte Teddybären. Das Muster ihrer Strickjäckchen ist herzallerliebst. Aus allem hat die Sonne die Farbe gesogen, über allem liegt dicker

Staub, trüb und leicht ins Gelbliche changierend – Ödnis hinter dreckigen Schaufenstern. Haus und Laden verkommen mehr und mehr, niemand hat sich seit dem Tod der Besitzerin dafür interessiert. So geht es etlichen Häusern in der einst lebendigen Mitte. Sie schmerzen wie aufgeschlagene Knie und lassen Narben zurück.

Ein Mann knotet mit spitzen Fingern einen schwarzen Beutel zu, während der Spitz an der Leine zieht. Eine Frau tippt auf ihrem Smartphone, hat den Kopf in digitalen Sphären, während sie den Kinderwagen mit dem Bauch schiebt. Eine Krähe zerrt an einer Plastiktüte. Zerknüllte Alufolie und die Reste eines Döners purzeln heraus. Beidbeinig hüpft der Vogel zu den Fleischstücken und frisst sie auf. Der Imbiss ist weiter die Straße runter. Der einzige im Ort. Carl bestellt dort nichts, weil er die Marinade nicht mag, mit der das Fleisch gewürzt ist. Viele andere im Dorf mögen die Herkunft des Mannes nicht, der es darin eingelegt hat. Herr Doğan fristet mit seiner Familie ein Dasein ohne soziale Kontakte und Verbündete, ohne Erfolg und Anschluss. Stattdessen ist es geprägt von Unbehagen, Sorgen und Heimweh. Seine vier Kinder sieht Carl oft mit gesenkten Köpfen durch die Straßen schlendern, deren Traurigkeit schwer auf ihren Schultern lastet. Sollte sie im Teeniealter in Wut oder Resignation umschlagen, wird niemand nach dem Warum fragen, ahnt Carl und hört schon die verachtenden Parolen der anderen. Er möchte diese Hetzer hier nicht haben und ahnt zugleich, dass ein lautes Entgegenhalten in einem Dorf schwer und im hohen Alter, wo die Kräfte und der Mut schwinden, umso schwerer ist. Ihm ist bange, wenn er daran denkt, welche Monster die Zeit gebären wird, und rührt Salben für Frau Doğan an, die er ihr gegen das heftige Rheuma schenkt. Die Kraft der Arnika wird die Gelenke wärmen und die Schmerzen lindern. Die Qual, nicht willkommen zu sein, kann die Pflanze hingegen nicht heilen. Das weiß er selbst nur zu gut.

Carl kommt an der alten Post vorbei und erinnert sich, wie es im Inneren aussah: holzvertäfelte Wände, grüngrauer Marmorfußboden, die Kugelschreiber befestigt an halben Glaskugeln. An der Wand Werbung für Sonderbriefmarken und die Fahndungsplakate der RAF. Blickte Carl in die Schwarz-Weiß-Gesichter der vermeintlichen Täter, die nicht wesentlich jünger waren als er, klafften zwei Lebenswelten auseinander, die unterschiedlicher nicht hätten sein können: Die einen nahmen es mit dem Staat auf, der andere war zu feige, seine Frau zu verlassen, und in ihm keimte ein Hauch von Neid für die Rebellion der anderen auf. Briefmarken gibt es jetzt anderswo zu kaufen. Das Postgebäude ist verrammelt und verfällt mehr und mehr.

Carl muss sich beeilen, er will Hilde nicht verärgern und geht schnell ums Eck zur Apotheke, die einst seine war. Unter dem Vorwand, seine Lesebrille vergessen zu haben, geht er nach hinten ins Labor und steckt ein braunes Fläschchen in seine Jackentasche. Er braucht Nachschub. »Tschüss, Maik, die Tage komme ich wieder ganz normal.« Jahrzehntelang hatte Carl die Apotheke erfolgreich geführt. Dann ließ sich sein Ruhestand nicht länger aufschieben, und er hatte den Laden, Claras und seinen Lebenstraum, an einen jungen Mann übergeben, der an die Technik glaubte, der Natur hingegen nicht traute. Das war der Grund, warum Carl ihn ausgewählt und mit ihm eine Symbiose ausgehandelt hatte, indem er stundenweise im Labor aushalf und Arzneien auf Naturbasis herstellte. So hatte er weiterhin Zugang zu Tiegel, Kolben, Destille und dergleichen mehr. Die alten Unterlagen ließ er unerwähnt, zu speziell war deren Inhalt, zu pikant manches Rezept.

Eines der Fläschchen steht seit zwei Jahren in der hintersten Ecke des Giftschranks. Carl hat es mit Schlangenbiss beschriftet und darunter wahllos seltene Pflanzennamen aufgelistet. So kann er sicher sein, dass Maik, ganz Kind einer anderen Generation, es nie anfassen, geschweige denn gebrauchen würde.

Carl erinnert sich an den Witz, den Otto bei jeder Gelegenheit erzählt. Er habe keine Angst vor dem Tod, er wolle nur nicht dabei sein, wenn es passiert. Haha, das habe dieser Woody Allen gesagt und ihm gefalle der Spruch. Dann klopfte er sich lachend auf den Oberschenkel und sein Blick schweifte durch die Runde. Haha, denkt sich auch Carl, aber er meint es ernst. Sein Todeselixier ist schon gebraut, steht bereit, wenn er so weit ist. Es ist sein Geheimnis, seine Entscheidung und er hat es nicht eilig damit. Um seine Gesundheit steht es gut, und er möchte dabei sein, falls das Leben noch etwas zu bieten haben sollte.

Manches Mal stellt er sich im Stillen vor, wie sein Leben verlaufen könnte, wenn Hilde nicht mehr wäre, und lotet im Geiste mit Clara die Möglichkeiten aus. Studienreisen, ja gerne. In Clubs und Zirkel eintreten, eher nicht, bei der Auswahl auf dem Lande. Zu seinen Kindern auswandern? Kein

Interesse, dafür ist er hier zu verwurzelt. Sich noch einmal verlieben? Warum nicht, ermuntert ihn Clara.

Mannis Bungalow, Bauhaus im Stil der 70er-Jahre, gelbbrauner Backstein, bodentiefe Fenster, klare Linien. Die fünf Stufen zur Haustür sind neuerdings mit einer Rampe versehen, die der Architektur, die Manni stets vehement verteidigt hat, eine lange Nase zeigt. In diesem Haus haben sie jede Menge Feste gefeiert. Manni liebte es, wenn die Bude voll und die Musik laut war. Carl sieht sich mit Hilde reingehen, Bussi hier, Schulterklopfen da, Manni hat stets das Hemd zwei Knöpfe zu weit geöffnet. Die Marmorstufen in den Keller, Hildes Absätze klappern, »Dschinghis Khan« empfängt sie an der Tür. Sie tauchen ein in die Suppe aus »Waterloo«, »Yes Sir, I Can Boogie« und »Daddy Cool«. Ein Käseigel grinst, kleine Tomaten sind zu Fliegenpilzen mutiert und Kaviarersatz krönt halbe Eier. Carls Hand liegt um Hildes Hüfte, er tanzt mit ihr, lacht viel und kippt zwischendrin mit den Männern Schnäpse, während sie mit ihren Freundinnen Obstbowle trinkt. Die Scharade eines glücklichen Abends hält an, bis die eigene Haustür hinter ihnen ins Schloss fällt. Schöne Feste waren das. Unter den Teppich wollte hingegen niemand bei niemandem gucken. Jahre später verwaisten die Partyräume, und Trimm-dich-Geräte dienen seitdem als Alibi für eine sinnvolle Nachnutzung, egal wie dick der Staub auf ihnen liegt. Alles zu seiner Zeit.

»Carlchen, stützt du mich bitte?« Hilde hatte das oft auf dem Heimweg gefragt. Sie sei beschwipst und fühle sich, als könnte sie wegwehen wie eine Feder. Er müsse sie halten und sie am Verschwinden hindern. Ihr Kichern, das sich mit der Scham darüber, ihre Angst verraten zu haben, mischte, hatte er an Hilde immer geliebt. Eng umschlungen waren sie nach Hause gegangen und hatten ihre gemeinsamen Schöne-Leben-Pläne mit Ideen gefüllt, die am nächsten Morgen vergessen in der Gosse des Alltags lagen. Das *Carlchen*, das sie stets mit einer Stimme gesagt hatte, die weich war wie Eiderdaunen, war mit der Zeit zu einer Rarität geworden, und er fragte sich manchmal, ob sie es öfter gesagt hätte, wenn er sich in all den Jahren weniger in seine Clara-Welt und in die Apotheke zurückgezogen hätte. Wenn, dann; hätte, könnte? Wer kann das vorher schon wissen? Und nachher ist es, wie es ist. Das Leben eben.

Das Haus der Wendings. Der Vorgarten verwildert, hohes Gras in den Pflasterfugen. Die von der Sonne ausgeblichenen Rollläden an den Fenstern allenfalls eine Handbreit hochgezogen. Die Atomkraft?-Nein-danke-Fahne weht vom Garagendach, trotzt mit verblassten Farben den Meilern dieser Welt. Heiner und Elli waren die Ersten im Dorf, die im Frühling 1986 den Ministern misstrauten, die versicherten, dass eine solche Reaktorkatastrophe wie die russische hierzulande auszuschließen sei. Sie schnauften am verächtlichsten über die Fachleute für Katastrophenschutz und deren Hinweise, die Kinder gründlich abzuwaschen, wenn sie draußen gespielt hatten. Sie bemitleideten Familien, die mit Blick auf die Wetterkarte der Tagesschau zwischen Blattspinat nein, Radieschen ja schwankten und der Meinung waren, in wenigen Wochen sei der Spuk sowieso vorbei. Mit vielem hatten die beiden recht gehabt, denkt Carl, doch ihr Hang zum Missionieren hatte sie zu Außenseitern im Dorf werden lassen, verbittert, verhärmt, voller Groll. Jetzt waren sie Ende sechzig, ernährten sich von Astronautennahrung und wühlten sich durch krude Internetforen über eine bevorstehende Apokalypse, wie Manni über drei Ecken erfahren haben wollte.

Die Straße etwas weiter runter steht das niedrige Haus mit dem Reetdach und der Kastanie im Vorgarten. Daneben ein Wohnmobil. Die Tür steht offen, die Trittstufen sind ausgefahren. Der Dirigent kommt mit einer Kiste aus der Garage.

»Macht ihr das Schiff klar für euren Törn?« Carl sieht ihn zum ersten Mal lässig gekleidet: T-Shirt und knielange Shorts mit ausgebeulten Taschen zeigen sonnengebräunte Haut. Ein krasses Gegenstück zu dem Dirigenten, der sonst stets Anzughosen, dunkle Hemden und Budapester trägt, und Carl scheint es, als ob das Ende des Chors für ihn auch eine ganz andere Freiheit bedeutet. Mit seiner gewinnenden Art und seiner Musikbegeisterung hat er das Beste aus allen Tonlagen hervorgeholt. Das gemeinsame Singen, das die Seele lächeln lässt, das war es, was er für sich und die Männer stets gewollt hat, und er hatte es gut gemacht: Als sie noch genügend Männer waren, um auf der Bühne Eindruck zu hinterlassen, hatten sie wunderbare Auftritte, Liederabende und Chorfeste erlebt. Sogar vor dem Bundespräsidenten hatten sie gesungen, hatten dessen Würdigung für die Verdienste der Laienmusik gehört und die Zelter-Plakette als Ehrung entgegengenommen. Doch mit den Jahren waren die Reihen lichter geworden wie eine Tannenwiese nach Weihnachten, und die größeren Auftritte waren seltener geworden. Was ihnen blieb, waren ihre Routinetermine im Dorf. So hatten sie bis zuletzt zu hohen Feiertagen in der Kirche gesungen, im Herbst bei der Erntekrone gestanden und Dank und Lob besungen oder beim Vereins- und Ehrenamtstag sich selbst musikalisch auf die Schulter geklopft. Der Dirigent hatte stets viel Wert auf diese Termine gelegt und mit den Worten »Vereinsleben kommt von Leben vereinen, und wie ginge das besser als mit Gesang?« die Männer angetrieben. Als seine Großtante einhundert Jahre alt geworden war und er gefragt hatte, ob die Männer ein Ständchen für sie singen könnten, hatten sie ihm diesen Gefallen gerne getan. Carl erinnert sich an die kleine Frau mit den Haaren, so weiß und zart wie Pulverschnee. Sie hatte auf dem Sofa mit vielen Kissen im Rücken gesessen und den Liedern gelauscht. Ihr Strahlen im Gesicht hatte die jugendliche Schönheit offenbart, die sie einst gewesen war. Die unzähligen Fotografien an der Wand hinter ihr erzählten vom Glück der Kinder, Enkel, Ur- und Ururenkel und der acht Katzen. Ein buntes Mosaik eines langen Lebens.

»Singt noch eins, Jungs. So jung und geistig fit kommen wir nicht mehr zusammen, da bin ich mir leider sicher«, hatte sie nach jedem Lied gesagt und vergnügt an ihrem Sekt genippt.

Der Dirigent hat die Kiste in den Eingang des Wohnmobils geschoben und kommt zu Carl an den Zaun.

»Wir freuen uns sehr, auch wenn ich das Singen mit euch riesig vermissen werde. Aber endlich können wir die Welt ohne Zeitdruck sehen.«

»Werdet ihr je zurückkommen?«

»Mal schauen, erst mal die Freiheit genießen.«

»Ist die anderswo größer?«

»Wer weiß das schon?« Der Dirigent lacht, hebt im Rückwärtsgehen den Arm für ein Wiedersehen, nicht für ein Lebewohl – dessen ist sich Carl sicher –, dann dreht er sich um: Musiknoten, die auf seine Wade tätowiert sind, hüpfen auf und ab, als würden sie zu einem imaginären Lied tanzen.

Carl steht vor seinem Haus, das der Tatsache trotzt, ein Heim für ein falsch gelebtes Leben zu sein. Die Ziegel sind im gleichen Maße beharrlich, wie Carl zäh ist. In seiner Jackentasche dreht er das Fläschchen hin und her und fragt sich, was das Leben für ihn bereithält. Er sieht, wie sich die Gardine bewegt, wie Hildes Kopf erscheint, ihre Augen leicht zusammengekniffen, bis sie ihn erkennt, wie sie ihr Gewicht verlagert, um sich mit der einen Hand auf der Fensterbank abzustützen, wie sie mit der anderen gegen die Scheibe klopft, bis sie sicher ist, dass er sie wahrnimmt. Mit dem Zeigefinger befiehlt sie ihn zu sich. Ihr Blick lässt keine Revolte zu, nie wieder wird er ein *Carlchen* zur Begrüßung hören. Carl umklammert das Fläschchen wie einen Rettungsring auf offener See und stellt sich seinem Schicksal.

Zu Anfang ihrer Ehe hatte sie manches Mal mit den Zwillingen im Vorgarten auf ihn gewartet, ihn zum Feierabend begrüßt, sich zu den Kindern gewandt: »Schaut mal, wer da ist. Endlich ist Papa wieder da.« Sie hatte das Gartentor geöffnet und ihn reingewunken, mit einem honigsüßen *Carlchen* auf den Lippen. Dann hatte sie Adam und Moni in den Laufstall gehoben, ihnen Spielzeug und Schnuller gereicht und Carl im Rückwärtsgehen ins Schlafzimmer gezogen, mit Kussmund und süßen Versprechen. Irgendwann hatten diese Empfänge der Wiedersehensfreude aufgehört, und ihre Entfremdung hatte begonnen, sich auszubreiten wie Rührteig im Waffeleisen, jeden Winkel ausfüllend.

Drei Monate nach ihrer Hochzeit war Hilde schwanger geworden und ihre Freude hätte nicht überwältigender sein können. »Dann sind wir eine richtige Familie und ich eine richtige Mutter«, hatte sie gesagt und sich vor ihm wie ein Kind um ihre eigene Achse gedreht. »Carlchen, wie schön das sein wird!« Er hatte sie in ihrer Drehung aufgehalten und sie innig geküsst. Damals war er sich sicher, dass seine Trauer um Clara weniger werden, wenn auch nie verschwinden würde.

Kurze Zeit später löste sich wie aus dem Nichts die zarte Verbindung zwischen Hilde und dem Embryo und Blut lief an ihren Schenkeln herunter. Sie fuhren zum Arzt, der sie untersuchte und sagte: »Manches soll anscheinend nicht sein, medizinisch gesehen absolut kein Einzelfall«. Als das Organische aufgeräumt war und keinerlei Optionen für eine seelische Behandlung angeboten wurden, fuhren sie wieder nach Hause. Der Duft von Desinfektionsmittel hing unter dem Dachhimmel. Lange hatten sie noch im Auto gesessen und geschwiegen. Carl hatte ihre Hand gehalten, die Verlorenheit in ihrem Gesicht gesehen, die Tränen, die ihre Spuren auf der zarten Haut hinterließen, und nicht gewusst, was er sagen sollte.

Mit einer Stimme, die den Kloß, groß wie ein Planet, in ihrem Hals hörbar machte, hatte Hilde ihn gebeten, mit niemandem darüber zu sprechen. »Ich will nicht ausgeschlossen werden.« Oft hatte Carl gedacht, dass ihre Abmachung die verheerendste war, die sie hätten treffen können, denn Hilde war in der Zeit danach in ihrem Wesen hart geworden, ihm, aber auch ihren Freundinnen gegenüber, die allesamt Mütter waren. Sie wollte nicht umgestoßen werden, so kam es Carl vor. Als auch die zweite Schwangerschaft viel zu früh endete und sie ihr Schweigegelübde erneuerten, hatte Hilde ihre sanfte Seite, die Carl so an ihr mochte, unter einem Panzer aus Trauer, Wut und Groll verborgen wie eine Schildkröte.

»Dein Bauer hat angerufen.« Hildes Blicke peitschen über ihn hinweg, als bringe ein Anruf Tod und Verderben.

Carl geht in sein kleines Arbeitszimmer, ruft Hugo an, ahnt, dass es um das Gespräch über Arik gestern bei Rosalie gehen wird. Es ist ein Anruf ohne viele Worte. Hugo versucht zu sagen, dass er sich für sein plötzliches Aufbrechen entschuldigen möchte, Carl versucht zu sagen, dass er nicht mit der alten Geschichte hätte anfangen sollen, dass er die Stimmung nicht kaputtmachen wollte, gerade gestern nicht. Er ebenfalls nicht, versucht Hugo zu antworten. Zwischen ihrem Herumdrucksen schweigen sie, und jeder weiß vom anderen, dass er vor Augen hat, wie sie damals ihren Freund gefunden haben, tot auf der Bank, die in Blickrichtung zum Dorf steht.

»Wir wussten es nicht besser.« Carl zieht die Nase hoch.

»Ich wünsche mir jeden Tag, wir hätten.« Hugo räuspert sich.

Es ist, wie es ist, und sie legen mit einem »Mach's gut«, »Du auch« auf. Carl fummelt das Telefon zurück auf die Ladestation und mag nicht zu Hilde gehen, die ihn unerbittlich ruft.

Der nächste Morgen beginnt mit Gezeter, Ausfragerei, wie der Auftritt am Nachmittag ablaufen soll, Bestätigung dessen, was sie immer gesagt habe, alles Loser im Verein, die olle Singerei, all die Jahrzehnte, alles Tinnef und, und, und – Hilde ist in ihrem Element, redet sich ihre Boshaftigkeiten von der Seele, und Carl wünscht sich, nicht neben ihr am Frühstückstisch mit der abwischbaren Tischdecke sitzen zu müssen.

Draußen ist es dunkel. Die Straßenlaterne malt ihren Kreis auf den Asphalt, der vom gefrorenen Reif silbrig glänzt. Seitdem sie zusammenlebten, stand Hilde jeden Tag um Punkt fünf auf und zwang Carl, es ihr gleichzutun. Die Male, die er versucht hatte, länger zu schlafen, waren ihm schmerzlich in Erinnerung geblieben. So saßen sie täglich um fünf Uhr zwanzig beim Frühstück, und Carl hatte Mühe, seine Augen offen zu halten und die Ohren vor Hildes hässlichem Gerede zu schützen. Er sieht nahe der Laterne die Äste der Zeder, die in den Jahrzehnten haushoch gewachsen ist, und weiß noch, wie er sie gepflanzt hat: hüfthoch und schwer in Mode war sie damals. »So exotisch, das zeigt Weltgeist«, hatte Clara lachend gesagt. Leider ist mein Weltgeist nur bis zu diesem Küchentisch gekommen, denkt Carl.

»Hör mir verdammt noch mal zu!«

»Mach ich doch.«

»Ach, wirklich? Und was habe ich gerade gesagt?«

»Laub, Nachbarn, Sauerei.«

»Und?«

Carl schaut erschrocken auf, ahnt, dass er dabei ist, etwas falsch zu machen. »Entschuldige, mein Schatz, heute ist unser letzter Auftritt und ich bin nervös.«

»Euer Auftritt beginnt doch erst um zwei. Iss schneller, die Strümpfe warten!«

Carl beißt die Zähne so fest aufeinander, dass die Muskeln im Kiefer schmerzen, und unterdrückt den Impuls, diese Frau anzuschreien, während sie seufzend aufsteht und am Kühlschrank Halt sucht.

Die Tortur des Strümpfeanziehens, während sie ihn rügt, er solle es gefälligst richtig machen, bringt Carl hinter sich, indem er sich im Geiste zu Clara beamt und mit ihr im Sonnenschein spazieren geht, wie an einem Maisonntag vor ewigen Zeiten. Noch einen Tee für Hilde kochen, ein paar Kleinigkeiten im Haushalt erledigen, Anzug, Krawatte, Haare kämmen und mit einem »Es gibt noch viel zu tun, Stühle rücken, Einsingen, du weißt ja, du weißt ja« entschwindet er der Enge dieses Ehelebens. Der Oktobertag ist herrlich mild und sonnig.

Der letzte Auftritt

Der Auftritt im Gemeindehaus wird ihr letzter sein. Nachdem die Bürgermeisterin mit dem seidenen Halstuch und den Perlenohrringen ein paar einleitende Worte gesprochen und auf die Fotoausstellung hingewiesen haben würde, die Turngruppe der Grundschule über die Bühne gesprungen wäre und die Theatergruppe ihre Interpretation von Loriots Kosakenzipfel dargeboten hätte, wäre das verbliebene Dutzend dran. Bevor die Sänger auf die Bühne gingen, würde der ehemalige Geschichtslehrer einen Vortrag zur Historie des Vereins halten und, ganz Pädagoge, über das Gemeinwohl und die positiven Auswirkungen des Vereinslebens referieren, würde Fotos des Chors an die Wand beamen, die Männer in Zylindern, Hüten, Fracks, Schlaghosen, in Ein- und Zweireihern, mit Fliege und breiten Schnauzern oder Krawatten und schmalen Schnurrbärtchen zeigen, je nach der Mode der dreizehn Jahrzehnte, die es ihn gab. Das Publikum würde erleben, wie die Zahl der Sänger mit der Zeit abnimmt, während sich der Altersdurchschnitt hochschraubt, wie die Haare auf den Köpfen weniger und die Tränensäcke größer werden. Mit den Worten »Das Vereinssterben ist das neue Rauchen für unser Dorf, sehr schädlich, sehr ungesund« würde der Pensionär schließen, seine Unterlagen umständlich einpacken und mit einem ernsten Nicken Richtung

Publikum von der Bühne gehen. Die Männer würden auftreten, sich konzentrieren, ihre Tränen zurückzuhalten und den Ton zu halten. Dann Beifall, Blumenstrauß für den Dirigenten, Dank und Anerkennung für die vielen Vereinsjahre, nochmaliges Bedauern über deren Ende und die besten Wünsche für die Zukunft, die bei den meisten der zwölf Sänger keine allzu lange mehr sein würde. Nach der Aufführung würden sie im Vorraum am Tresen zusammenstehen, ein, zwei Bierchen oder sonst was trinken und nicht viel zu sagen wissen. Die einen würden im Kreise ihrer Familie nach Hause fahren, die anderen allein in eine leere Wohnung zurückkehren und sich fragen, was nun mit der vielen neuen Zeit anzufangen sei. Es ist eben, wie es ist.

Carl ist nicht der erste Sänger, als er im Gemeindehaus ankommt. Hier ein »Hallo«, da ein »Moin, auch schon da?« – »Ja, wie man sieht, haha«. Carl schlendert an den Wänden entlang und bestaunt die Fotos im Großformat. Sie sind atemberaubend schön. Er nimmt die Lesebrille aus der Hemdtasche, beugt sich zu den kleinen Schildchen vor und pfeift leise durch die Zähne, so erstaunt ist er über das, was er liest.

Robert, Otto und Kalinka nehmen den Aufzug zum Saal.

»Junge? Versprich mir, dass du dich freust.« Otto hebt den Kopf, dreht ihn, so weit es geht, dahin, wo er Roberts Gesicht vermutet, während dieser ihn aus dem Lift manövriert.

Weiter als zu einem fragenden »Weshalb?« kommt Robert nicht. Denn er sieht Bernd am Saaleingang stehen, der sich auf seine Art schick gemacht hat und in einem hellblauen

Miami-Vice-Anzug steckt, dem einzigen, den er besitzt. Er grinst breit, was Robert dermaßen irritiert, dass er kurz stehen bleibt und es ein sanftes »Junge, weiter« von Otto braucht. Als sie schließlich im Saal sind, weist Bernd mit der ausladenden Bewegung eines schlechten Sonny-Crockett-Imitators auf die Wände. Otto strahlt wie ein kleines Kind an Weihnachten. »Bernd hat mir von deinen Fotos erzählt und wir haben gemeinsam den Plan ausgeheckt.«

»Beziehungsweise gehackt. Ich musste arg tüfteln, bis ich dein Passwort geknackt habe«, sagt Bernd und knufft Robert unbeholfen in den Oberarm.

An den Wänden hängen seine Bilder, das erkennt Robert in der ersten Sekunde, in der er die Tiere in den hellen Holzrahmen hinter blitzblank geputzten Scheiben sieht. Er sieht Carl von der anderen Seite des Saals mit einer Hand winken, mit der anderen reckt er seinen Daumen nach oben und nickt eifrig. Robert merkt, wie sich Hitze unter seiner Gesichtshaut staut, wie er dem Reflex wegzulaufen nachgeben möchte und sich zugleich freut, wie er sich einerseits nackt fühlt und andererseits stolz ist. Er weiß nicht, was er machen soll, ist mit der Situation überfordert, fühlt sich überrumpelt. »Vaddern, warum?«

»Das könnte ich dich fragen. Warum hast du mir die Bilder nie gezeigt? Sie sind so schön, so gut.«

»Du hättest dich doch gar nicht dafür interessiert.«

»Woher willst du das wissen?«

»Weil ... weil ... sie das Gegenteil von einer Jagd sind?« Roberts Stimme schwankt, sein Blick verrät, wie er mit seinen Gefühlen ringt, wie er selbst nicht versteht, warum er aus seinem Hobby ein Geheimnis gemacht hat. »Ich weiß doch auch nicht, Vaddern.«

Eine Weile sehen sie sich an, als könnten sie im Gesicht des anderen endlich all das lesen, was nie gesagt wurde. Otto nimmt Roberts Hand: »Ach, mein Junge. Wir üben das ab jetzt gemeinsam.«

Das Männerschweigen, das folgt, klingt milde, versöhnlich, und bevor es ins Schüchterne kippt, hakt sich Kalinka bei Robert und Bernd unter und zieht sie zu den Bildern.

»Und nächste Woche schicken wir deine Fotos zu einem Wettbewerb. Wollen wir?«, ruft Otto und wirkt so lebendig, so agil wie seit vielen Jahre nicht.

Robert lacht – erst verlegen, dann überzeugt. »Geht klar, Vaddern«, ruft er zurück.

Einen Moment später steht Hans neben Otto.

»Tolle Bilder.«

»Tolle Tasche.«

Hans schaut zu seiner Hand, als wüsste er nicht, was er in ihr hält.

»Hmhm, fahre zu Martin, nachdem wir ... Mit dem Bus zum Bahnhof, dann Nachtzug mit Einzelabteil.«

»Und Anni?«

»Ist versorgt.«

»Das ist gut. Scheinst ja nicht lange zu bleiben, so klein, wie die Tasche ist.«

»Och, wie man's nimmt. Hab ihn lange nicht gesehen.«

»Die Kinder bleiben die Kinder.«

»Ich frag mal kurz nach ...« Hans zeigt auf die Tasche und geht zum Tresen.

Otto sieht das grau gescheckte Linoleum, sieht die holzvertäfelte Bühne, die früher für all die Sänger beinah zu klein war und heute für das verbliebene Dutzend plus Dirigent viel zu groß wirkt. Sieht die Abtrennung im hinteren Teil des Saals, die mit dem Schrumpfen der Gemeinde notwendig geworden ist, wegen der Atmosphäre und des Sichverlierens in der Weite des Raums. Da laufen die Kinder umher, unterhalten sich die Eltern und zeigen beim Reden in Richtung ihrer Kleinen, lachen, tuscheln, quatschen. Da sitzen die Alten, denen das Stehen zu arg wird, bereits an den Tischen, beugen sich weit vor, um ihr Gegenüber zu verstehen. Manche muscheln ihre Hände hinter den Ohren, denn die Akustik im Saal ist keineswegs barrierefrei. Da sind die Freiwilligen, die letzte Stühle rücken, im Service helfen, Messer und Gabeln in Servietten rollen, und nachher werden sie auslosen, wer die Toiletten reinigen muss. Besteckklappern, Untertassen, die auf blanken Tischen hin- und hergeschoben werden, Gläser beim Toast, »Mami, guck mal« in Endlosschleife, Stimmengewirr, Handyklingeln und Absatzklackern, Hallo und Moin, Moin allerorten. Da ist der Geruch von Kaffee in Kännchen, von Wiener Würstchen im Wasserbad und das undefinierbare süßliche Aroma des vorherigen Festes, das bis zum Morgen gedauert hat.

Gute Stimmung für den kläglichen Rest, der wir sind, denkt Otto und spürt eine Hand auf seiner Schulter. Hugos Haut ist blass, seine Rasur fahrig und die Krawatte knittrig.

»Was ist los?«, fragt Otto.

Hugo blickt zur Bühne, kaut auf seiner Unterlippe und schweigt.

»Wir werden nicht sterben, nur weil's unseren Gesangsverein nicht mehr gibt. Jetzt kommt einfach ein neues Leben.«

»Meinst du? Vielleicht wäre es ein guter Abschluss.« Hugo verzieht sein Gesicht zu einem Lächeln, das ihm wegen der angeknabberten Lippe missglückt.

»Papperlapapp, wir treffen uns weiterhin. Bei Rosalie. Danach können wir übers Abtreten nachdenken.« Otto stemmt im Schneckentempo seine Arme in die Hüften, sein Blick hingegen ist der eines Jugendlichen, der heimlich mit Freunden zum Baggersee fährt.

»Treffen bei Rosalie?« Mit diesen Worten stellt sich Carl zu ihnen, heißt Ottos Plan gut: »So und nicht anders wird's gemacht.« Hugo nickt, nimmt das Glas entgegen, das Carl ihm hinhält, und verschweigt, dass er bei dem Plan unter Umständen nicht mitmachen wird.

Als Hugo aufgewacht ist, mit steifem Nacken, mit Schmerzen im Rücken, war Friedas Bett leer. Auf dem Küchentisch lag ein Zettel: »Wir sind unterwegs.« Es war Lindas Schrift, die er in- und auswendig kennt. Kein Gruß, kein Ausblick in die Zukunft. So sollte es also sein, alle verschwinden und ich bleib übrig, dachte er und lauschte ängstlich der Stille im Haus, einsam, menschenleer. Der Oktobermorgen war wunderbar sonnig, seine Gefühle hingegen tapsten durch dichten Nebel. Er ging in den Stall, machte sich an die Arbeit: das Muhen der Kühe, ihr Atem sichtbar in der Kühle des Morgens, wie auch manch ein Fladen, Dämpfe des Lebens eben. Ihr Malmen, Schmatzen, ihre Schritte auf Mist und Stein schenkten ihm einen Hauch von Trost. Er hatte sich an die Melkmaschinen gemacht, sich irgendwie durch den Vormittag geschleppt. Hatte zigmal die Nummern von Linda, Maggi und Nele gewählt, ohne eine einzige Antwort zu bekommen. Hatte sich vorgestellt, sie kämen nicht wieder, nie mehr, und ihm war bange geworden. Hatte eine Handvoll Schlümpfe geschnitzt, in die Ben als Kind völlig vernarrt gewesen war. Hatte sie auf dem Küchentisch stehen gelassen und nicht wie sonst im Koffer auf dem Dachboden versteckt. Hatte sich gefragt, ob er die Kraft hätte, beim letzten Auftritt mitzusingen. Pflichtgefühl, Freundschaft, Leidenschaft für das Singen – was auch immer den Ausschlag gegeben hatte, gleich würde er mit den anderen auf der Bühne stehen.

Die zwölf Sänger haben sich je nach Stimme positioniert, ein Hmm zum Anstimmen, die gehobenen Arme des Dirigenten, die alten Augenpaare blicken konzentriert. Mit den ersten Tönen von »Kein schöner Land« schrillt ein Alarm los, als wäre es ein schlechter Scherz. Viel zu laut, viel zu grell, viel zu höhnisch. Irritierte Blicke, die Ersten fangen an, sich zu rühren, von irgendwo ertönt eine Stimme: »Feueralarm, bitte den Saal verlassen, wir begeben uns alle nach draußen! Bitte Ruhe bewahren!« Stühle rücken, Tische schrammen, Kinder weinen, Gemurmel, »Jetzt ein Probealarm, die haben Nerven«, bis all die Leute auf dem kleinen Platz vorm Gemeindehaus stehen und beobachten, wie der Löschzug vorfährt, wie die Freiwilligen in voller Montur reingehen, wie der jüngste von ihnen ein Absperrband befestigt und hofft, dass ihn niemand daran hindert. Die Minuten vergehen. Der Einsatzleiter kommt raus, in der Hand der verkohlte Klumpen einer ehemaligen Frikadelle, die in der Mikrowelle zu lange gebrutzelt und das Gerät überhitzt hat, Qualm, Rauch, Sprinkleranlage, automatisches Auslösen des Alarms etc. pp., zählt er die Verkettung der Umstände auf und weist darauf hin, dass das Gebäude somit ein Fall für die Versicherung geworden sei und nicht mehr betreten werden dürfe, bedauerlicherweise. Die Menge lacht über die Frikadelle, schüttelt den Kopf über das deutsche Versicherungswesen, als ob Fotos nicht reichen würden, und steht verloren herum. Bis die Bürgermeisterin sagt: »Wir lassen uns den Tag von so was nicht verderben und feiern eben draußen. Wäre doch gelacht.« Der Dirigent stimmt das Lied an, und alle auf dem Platz lauschen den Tönen der Sänger voller Wehmut, die sich wie die letzten warmen Sonnenstrahlen des Sommers auf die Haut legen:

»Kein schöner Land in dieser Zeit,
Als hier das unsre weit und breit,
Wo wir uns finden
Wohl unter Linden
Zur Abendzeit.«

Hugo sieht Linda in der Menge stehen. Sie schaut sehr ernst, ist allein. »Mein Schatz, ... Linda, ... endlich.« Hugo sucht die richtigen Worte. Ihre Haut ist fahl, ihr Blick müde.

»Nele ist wieder da, sie war bei einer Freundin aus dem Studium.«

»Und Maggi?«

»Ist auch zu Hause, aber die beiden brauchen Zeit. Im Moment wollen sie dich nicht sehen.«

Erschrocken blickt Hugo Linda an, dann senkt er den Blick wie ein getretener Hund. »Ich mich auch nicht.«

»Hugo, das wird, da bin ich sicher. Aber es braucht Zeit. Ich weiß, du hast es gut gemeint.«

»Und alles nur schlimmer gemacht.«

»Wie wahr, leider, leider.«

»Und du? Kannst du mir verzeihen?«

Linda zögert, wickelt ihre Strickjacke enger um sich:

»Du hast das Beste für die Familie gewollt. Das ist, was zählt. Und Maggi und Nele werden sicher irgendwann wieder frei und fröhlich sein können. Dann können sie entscheiden, wie weiter mit dem Hof. Ich hoffe, ich erlebe es noch.« Sie nehmen sich in die Arme, drücken sich lange, hören den Atem des anderen am Ohr und drehen sich um, als die Freunde sich zu ihnen stellen und Hugo ihn fragt, ob er nächsten Donnerstag zu Rosalie komme.

»Ja klar, wie immer.« Hugo sieht sich um. »Wo ist Hans?«

»Zu seinem Sohn nach Wien gefahren. Wurde Zeit«, sagt Otto.

Der Oktobertag ist immer noch herrlich mild und sonnig.

Jeder Weg findet sein Ende und Carl hätte nicht langsamer gehen können. Jetzt steht er vor seinem Haus und sieht Hilde im Wohnzimmersessel sitzen. Ihr ausladender Körper leuchtet im Flackerlicht des Fernsehers. Sie stopft einen Keks nach dem anderen in den Mund, kaut mechanisch, nächster Keks, sie starrt auf die Mattscheibe, nächster Keks, wischt sich mit dem Handrücken über den Mund, wedelt die Krümel zu Boden. Dann schaut sie raus, erkennt Carl, und die herbeizitierende Bewegung mit dem Zeigefinger komplettiert das Ende einer Ära. Er holt tief Luft und geht rein.

Er hört ihr Lästern in dem Moment, als er die Tür hinter sich schließt, hört die quäkenden Stimmen irgendeiner Realityshow und geht ohne Hallo, ohne sich zu zeigen, in den Keller. Er fühlt sich zu ausgelaugt und zu kraftlos, um Hilde zu sehen, geschweige denn, sich ihr entgegenzustellen. Jetzt steht er zitternd in seinem Werkzeugkeller mit der niedrigen Decke. Tränen laufen ihm über das Gesicht, er zieht alle Schublädchen auf, schüttet den Inhalt auf einen Haufen, mischt alles durch und beginnt die Ösen, Nägel, Schrauben, Muttern zu sortieren. Nie war der Kleinstteileberg größer als heute. Über ihm poltert und rumort es, doch er sortiert stoisch seinen Metallhaufen und Clara summt ihm ein Lied. Die Tür zum Keller wird aufgerissen, die Klinke schlägt gegen die Wand. Hilde ruft nach ihm, er bleibt stumm, rührt sich nicht. Der Ehering tickt mit jedem ihrer Schritte auf das Geländer. Der schnaufende Atem stockt, eine Schuhsohle verfängt sich an der Stufe, der Ring trifft fester aufs Geländer, rutscht ab. Ein Stolpern folgt, Fingernägel ratschen über die Wand, suchen Halt, ein langer Schrei.

Carl atmet tief durch und schließt für einen Moment die Augen. Er hockt sich neben Hilde, fühlt nach ihrem Puls, der nicht da ist. Dann geht er hoch zum Telefon und startet das Prozedere eines Hilferufs – 112, Vor- und Nachname, Adresse, Sachverhalt: »Meine Frau ist gestürzt, Sie müssen sofort kommen. Ja, die Treppe runter. Es ist das Haus in der Wendeschleife mit der großen Zeder davor. Bitte machen Sie schnell. Danke.« Seit die Krankenhäuser zusammengelegt wurden, sind die Wege für die Notärzte länger, das weiß Carl, also alles mit der Ruhe. Er nimmt das kleine Kissen vom Sofa, legt es unter Hildes Kopf, mag sie nicht so bloß daliegen lassen. Er streicht ihr sacht eine Strähne aus dem Gesicht, bevor er sich auf die obere Kellerstufe setzt, Hilde und die Haustür gleichermaßen im Blick.

Ein Infarkt mit Sturz als Folge, augenscheinlich Herzschwäche, gepaart mit Bluthochdruck und starkem Übergewicht, sagt der Notarzt, es tue ihm leid, niemand könne ihr mehr helfen, ob Herr Donner jemanden habe, der sich um ihn kümmere?

Jaja, das geht schon.

Carl steht in der Haustür, als der Leichenwagen davonfährt, sacht wie ein Ufo. Der Oktoberabend ist erstaunlich mild und klar. Das ätherische Aroma der Zeder weht zu ihm herüber. Er lehnt sich an den Rahmen, atmet tief ein, konzentriert sich auf jede Nuance, die er wahrnimmt, und ist sich sicher, dass die Sänger auf Hildes Beerdigung ein Lied für ihn zum Trost singen werden.

Ohne einen herzlichen Dank soll mein Buch nicht enden.

Dieser gilt den lieben Menschen, die mich und »meine Männer« bei der Entstehung meines ersten Romans begleitet haben.

Doro, Hanns, Stephan, Anke und Anke (beide) und Günter: Ihre offenen Ohren, Geduld, Kritik, Ermutigungen und nicht zuletzt ihr Humor waren mir eine unsagbar große Stütze.

Ein ganz besonderer Dank gilt meiner Lektorin Katharina Hierling, ihrem Team und meiner Agentin Sabine Langohr für ihr Vertrauen und die wunderbare Chance, die sie mir mit diesem Buch ermöglicht haben.